MULTICOSMOS

M

PABLO C. REYNA

MULTICOSMOS

LÍO EN EL ESPACIO-TIEMPO

Ilustraciones de
Luján Fernández

Montena

Para Dani,
que apareció en El Emoji Feliz por casualidad

<Prólogo>

El Transbordador se detuvo un instante en la entrada del microplaneta helado. Un avatar de corta estatura bajó antes de que el vehículo reanudara su recorrido y cruzó la Puerta. Sintió el frío virtual nada más poner el primer pie dentro.

Antes de dar un paso más, echó un rápido vistazo panorámico al micromundo glacial: agujas de hielo hasta donde alcanzaba su vista y ventiscas heladas. Los mapas del planeta Brrrrrr estaban desfasados y no le serían de ayuda, pero su contacto le había transmitido en secreto la ruta que debía seguir. Un pitido de la holopulsera le advirtió de riesgo de congelación. El avatar se protegía del frío con un plumífero de tuitero que llevaba por encima de su vestimenta granate de ninja, pero de todos modos tomó una poción calentadora del inventario. Sin pensarlo dos veces, echó a andar por la montaña nevada. Tenía un largo trecho por recorrer.

Anduvo por la inhóspita montaña durante casi una hora. Por el camino se cruzó con varios Mobs, pero tuvo cuidado de evitarlos a todos. No había ido allí a ganar Puntos de Experiencia, sino a verse con alguien que tenía buenos motivos para esconderse en el punto más recóndito de

MultiCosmos. Los copos de nieve caían sobre sus hombros, pero un zoom le había revelado la verdad: en realidad no eran copos de nieve, sino datos extraviados de internet. Desde que fue creado, nadie se había vuelto a acordar de ese planeta; por eso era un escondite tan valioso.

El avatar llegó al pie de la montaña y se encontró con un delicado puente de hielo. Medía dos palmos de ancho y no se adivinaba el otro extremo ni el final de la caída. Tragó saliva y tomó ese camino maldiciendo entre dientes las dificultades que tenía que superar para llegar a su objetivo.

Aunque el viento lo azotó con fuerza, siguió avanzando sin detenerse. Tres cerdos alados sobrevolaron su cabeza.

Spoiler

Alcanzó el otro lado del puente y llegó hasta la estrecha entrada de una cueva. La ignoró, pues ésa era una trampa para Cosmics desprevenidos. Buscó otro acceso casi invisible a unos millapíxeles de ahí y entró en una cueva secundaria.

El interior estaba a oscuras, pero dio una orden a la holopulsera y la estancia se iluminó. Entonces la vio: una rata blanca gigante con dientes como estalactitas capaz de comérselo de un solo bocado. El monstruoso Mob esperó unos segundos para atacar, tiempo suficiente para que Spoiler pudiese sacar el arma y matarlo.

Pero eso era precisamente lo que no debía hacer.

Esperó diez segundos a que la rata gigante se abalanzase sobre él y se lo tragase de un mordisco. Sus fauces lo cubrieron por completo y lo engulló de la cabeza a los pies.

Pero no estaba muerto, ni mucho menos. Tenía que dejarse comer para desbloquear el nivel final y alcanzar la cámara definitiva, escondida en el estómago del bicho. Típico de videojuegos. Se limpió las babas del monstruo y siguió caminando.

Cuando por fin vio la cabaña en la cima de la montaña, el Cosmic ninja se tensó. Tenía una misión que cumplir.

Había viajado hasta allí para acabar con MultiCosmos.

<El segundón no le interesa a nadie>

Nota mental: nunca te hinches a zumo de pantone justo antes de una misión a vida o muerte. Los monstruos no paran la persecución para que vayas al baño.

Un gusano del desierto nos pisa los talones mientras nos dispara ácido sulfúrico. Su dentadura parece una trituradora y su aliento apesta a cloaca. Es el monstruo final de Paraíso Planet, un planeta que no tiene nada de paradisíaco, pero que si se llamase Desierto Megamortífero no lo visitaría nadie.

Mi avatar avanza a toda pastilla a lomos de una hormiga gigante, igual que los de mis dos mejores amigos. Ellos son Amaz∞na, la elfa-enana más popular de MultiCosmos, y Spoiler, un ninja granate con pistola de bolas.

Y por supuesto yo, el Cosmic más famoso del universo virtual. Mi nick ha salido en todas las portadas y televisiones. Soy tan famoso que ElMorenus me pide consejos para sobrellevar la fama. Quizá me recuerdes por conseguir el Tridente de Diamante o ganar el MegaTorneo.

Aunque también por perderlo todo y convertirme en un segundón.

Somos tres de los Cosmics más famosos de la red y ni siquiera unidos podemos contra este Mob con cara de culo de perro.

Estaba claro que nuestro viaje no iba a ser pan comido, pues por algo este micromundo tiene el nivel de dificultad Qué-Haces-Todavía-Aquí-Que-No-Huyes-Por-Patas. Los tarados que han venido antes que nosotros no han pasado ni cien píxeles de la Puerta. Nosotros hemos llegado más lejos que nadie, pero ahora el monstruo final quiere darnos nuestro merecido.

Hasta que, de pronto, se sumerge bajo tierra.

—¡Ha huido! —grita mi amigo Spoiler—. ¡Hemos asustado a la sanguijuela!

Me vuelvo para comprobar que no hay ni rastro del gusano. La tierra se lo ha tragado, literalmente. Pero cuando Amaz∞na frunce el entrecejo, es que algo va mal. Tiene su arma defensiva preparada.

—La holopulsera detecta que algo se aproxima. No os confi...

Antes de que pueda terminar la frase, el suelo estalla a nuestros pies.

Mi hormiga salta por los aires, pierdo ♥ ♥ y tengo que dar un salto doble para no caer en el fondo del agujero que se acaba de abrir. Amaz∞na se ha protegido con una crisálida temporal, mientras que Spoiler ha apretado el comando Pedo Propulsor para mantenerse a flote. Mejor no entro en detalles.

De algún modo, el gusano se ha metamorfoseado bajo tierra y se ha convertido en un monstruo del tamaño del *Titanic*.

Me preparo para lo peor. El Mob suelta un eructo de ácido que nos borra otro ♥ de un plumazo.

Dibuja al Mob más feo que se te ocurra:

—¡Ey, Gusanito! —protesto—. ¡No me tires el aliento!

Puede que sólo tengamos trece años, pero somos las estrellas del universo virtual y no nos dejamos intimidar por nadie. Nos las hemos visto con monstruos mucho más poderosos que este gusanito de seda gigante.

Aprovecho que las cámaras me enfocan para atusarme el flequillo y hacer posturitas con la espada binaria. Estamos retransmitiendo la misión para nuestros millones de seguidores de MultiCosmos, de Nueva York a Teruel, y uno no puede salir feo en la pantalla. Desde que descendí a Usuario Número Dos, me cuesta mucho más que me tomen en cuenta.

—No es momento de presumir. —La elfa-enana me corta el rollo—. ¡Hay un monstruo a punto de matarnos!

El ataque ultrasónico del Mob me arroja al suelo. Amaz∞na lo está pasando todavía peor: su oído élfico ultrafino es muy útil para otras misiones, pero no cuando tienes a un monstruo rugiendo a pocos píxeles de distancia. El único que ha reaccionado a tiempo es Spoiler, que se ha taponado los oídos con dos corchos de goma. Veo cómo toma la delantera y salta sobre el bicho.

El Mob se percata demasiado tarde de la presencia de Spoiler. El ninja granate ha disparado sus bolas de chicle directamente a las pústulas del bicho. El pus salta por los aires y salpica mis zapatillas. Puaaaj.

Esta vez soy yo quien toma la iniciativa. Activo un comando de salto quíntuple para subir por una escalera invisible y ponerme delante de él. El bicho prácticamente se pone bizco al verme.

—*Sayonara, baby.*

Alzo la espada binaria y me lanzo con todas mis fuerzas contra él. Pero en vez de clavar el filo entre los dos orificios de la nariz, como era mi intención, tengo tan mala suerte que sólo logro encajársela en la dentadura, como un palillo mondadientes, y tengo que agarrarme a su lengua para no ser engullido. Vale, acabo de convertirme en el Patoso del Día.

—¡Resiste! —grita Amaz∞na desde la arena—. ¡Voy en tu ayuda!

Mientras tanto, mi holopulsera del mundo real me chiva los últimos *trending topics*. Esperaba que esta heroicidad me devolviese un poco de la popularidad perdida, pero mi nick ni siquiera está entre ellos. #TodosConAmaz∞na y #YoSoyGusanito son los más repetidos. Hasta el Mob tiene más fans que yo.

Amaz∞na le dispara dardos sedantes, pero no le causan ningún efecto. Como tarde un minuto más, seré pasto de gusano.

—¡Tienes el arma invencible! —le recuerdo a mi amiga—. ¡Usa el Tridente de Diamante contra él!

Pero la elfa-enana niega con la cabeza.

—Jamás usaré un arma mortífera. No es mi estilo.

Típico de Amaz∞na.

Es la dueña del arma más poderosa de MultiCosmos y se empeña en dejar que coja polvo en el fondo de su inventario. Si la hubiera usado una sola vez ya habríamos ganado la guerra contra los Masters. Pero tiene también una cosa que se llama moral.

En su lugar, mi amiga saca una pluma de tuitero de su faltriquera. Estoy preguntándome qué se propone (el paladar de un monstruo no es el lugar más cómodo para reflexionar) cuando la elfa-enana empieza a hacerle cosquillas al bicho con la pluma. En cuestión de segundos, el gusano se convulsiona por un ataque de risa y yo consigo arrancar la espada binaria y saltar fuera de su boca antes de que apriete los dientes.

A pesar de ser mucho más pequeña que él, Amaz∞na ha conseguido dominarlo y postrarlo a sus pies, y todo sin causarle daño, fiel a su filosofía. ¡Qué bien! Ella sigue ganando seguidores mientras que las redes se burlan de mí y dicen que sólo sirvo como hilo dental. Tengo que valorar seriamente buscar un publicista.

Estoy pensando por dónde continuar el nivel cuando se produce una detonación. Y no me refiero a un disparo de pistola de bolas ni a un relámpago sobre nuestros cabezones, sino a una explosión al más puro estilo Big Bang. Una bola de fuego multicolor cubre el cielo durante unos segundos.

Me llevo tal susto que caigo de culo sobre la arena, para aumentar el ridículo que estoy haciendo en la retransmisión. El Mob gusano aprovecha la confusión para huir bajo tierra y Amaz∞na y Spoiler miran el cielo, con los ojos como platos.

—OMG... —murmura la elfa-enana.

—¿Qué repíxeles ha pasado? —pregunta Spoiler.

Entonces un ruido equivalente a un millón de tambores nos golpea y nos hunde cinco palmos en la arena. ¡La onda expansiva de la explosión ha llegado con retardo! El impacto me quita otro ♥ y tengo que comer un sándwich de spam a toda prisa para rellenar la barra vital.

En las redes no se habla de otra cosa. La explosión se ha sentido en todos los rincones de MultiCosmos.

Un mensaje de luz aparece en el cielo de la red. Los Masters sólo los utilizan para las situaciones de máxima urgencia.

Y nunca había vivido una.

¡ALERTA!

Por problemas de seguridad, MultiCosmos cerrará temporalmente todos los planetas de diversión.
Se exige a los Cosmics que regresen inmediatamente a sus hogares.
Vigilad vuestros inventarios y no confiéis en nadie.
(Salvo en los buenos, por supuesto.)
Sentimos las molestias.

—¿Esto va en serio? —pregunto.

—Los Masters no se andan con tonterías —responde Amaz∞na—. Algo muy gordo está pasando en MultiCosmos y tenemos que descubrir pronto de qué se trata.

<Una reunión urgente>

Corto la retransmisión en directo y pongo en orden mis ideas. Tengo unas cuantas teorías de qué ha podido provocar la explosión, pero ninguna que puedan escuchar nuestros miles de seguidores. Discutimos de camino al Transbordador.

—¿Creéis que la han podido provocar los Masters Malos? —El polvillo cósmico sigue cayendo a nuestro alrededor. El universo virtual no había sufrido nada parecido jamás—. Porque si a Enigma le ha pasado algo...

La elfa-enana no para de trastear en su holopulsera, hasta que por fin anuncia:

—Se trata de Burocrápolis. El planeta... ha explotado. Alguien lo ha detonado. Sólo quedan restos.

Se hace un silencio incómodo. Burocrápolis es uno de los principales planetas de la galaxia Madre, el centro neurálgico del papeleo Cosmic, y aunque sea el micromundo más aburrido de la red, hay miles de Cosmics dentro.

—Pero nadie puede destruir un planeta —dice Spoiler, inseguro—. A menos que sea su dueño...

Los tres asimilamos lo que eso quiere decir. Burocrápolis es un planeta gubernamental y su administración depende de los Masters, los superjefazos. Hace semanas que sabemos que los dueños de la web no traman nada bueno, pero ¿qué sentido tendría destruir un planeta que les pertenece?

Amaz∞na va a decir algo, pero el ninja la interrumpe antes de que pueda abrir la boca:

—Trons, tengo que ayudar a mi madre a echar a una pitón de la cocina. —De pronto se ha puesto más tenso que un gatito en una convención perruna. Su avatar empieza a dar saltitos hacia la salida—. ¡Suerte con la investigación!

—¡Espera, Spoiler! No te puedes ir ahora —le digo—. Éste es un asunto muy serio.

—Lo siento. ¡Prometo volver pronto!

Mi amigo se desvanece delante de nuestras narices pixeladas antes de que podamos protestar. La elfa-enana pone su cara de «Te-lo-dije».

En ese momento las holopulseras nos advierten que debemos abandonar el planeta antes de diez segundos. Si no lo hacemos, perderemos todos nuestros Puntos de Experiencia de golpe y nos expondremos a la prisión virtual. El toque de queda va en serio.

De pronto, un gatito de internet aparece a nuestro lado y siento un deseo irreprimible de achucharlo. Pero entonces la elfa-enana se cruza en el campo de visión y me dice con cara de malas pulgas:

—¿Puedes dejar de mirar gatitos durante un minuto? ¡Tenemos que salir de aquí pitando!

Las holopulseras vibran insistentemente para recordarnos que debemos abandonar el planeta.

Es hora de volver a casa. Es hora de volver a Beta.

Planeta Beta_cómo_molo
Galaxia Lab
Modo: Construcción
Cosmics conectados: 0

‹Cada vez más solo›

El Transbordador nos lleva en pocos segundos hasta Beta, mi planeta privado. Últimamente no paran de suceder cosas rarísimas en MultiCosmos (ciberataques, espionaje mundial, monstruos invencibles...) y éste es el único lugar donde nos podemos sentir completamente seguros. Aquí no puede entrar nadie sin mi permiso.

¡Zas!

Algo se abalanza sobre mí, y yo grito del susto y lanzo la espada por los aires. Cuando oigo que Amaz∞na suelta una carcajada a mi lado, me relajo. El bicho peludo es Ñiñiñi, el minimamut Mob mascota de mi amiga. Aspirarme la cara con su trompa es su modo de darme la bienvenida.

—¡Abajo, bola de pelo! ¡Los humanos tenemos cosas importantes que hacer!

—Déjale que succione la mugre que llevas encima —dice Amaz∞na, que sale enseguida en su defensa—. Ñiñiñi está programado para eso.

Mi amiga se vuelve imposible con los animales, aunque sean virtuales, así que me olvido del Mob y activo el proyector de la holopulsera para leer las últimas noticias.

Por lo visto, la explosión de Burocrápolis pilló a un millar de Cosmics dentro y sus avatares desaparecieron con el petardazo. Ahora tendrán que volver a crear sus perfiles desde cero. Los medios oficiales de MultiCosmos señalan a una culpable de la explosión: Enigma, la Cosmic en busca y captura. Pero nosotros sabemos que es inocente de todos los cargos.

—Espero que Enigma esté bien —dice la elfa-enana, preocupada—. ¿Se ha vuelto a poner en contacto contigo?

No tengo ningún mensaje nuevo de Enigma en el Comunicador.

Los dos guardamos silencio. Enigma es la archienemiga de los Masters Malos: Mc_Ends, GOdNeSs y Mr Rods... aunque hay un ligero problemilla con ella: Enigma es también una Master, es decir, una de los cinco fundadores y super-jefazos de MultiCosmos. Nova y ella se enfrentaron a los otros tres para proteger la libertad de internet y lo cierto es que Nova ahora está muerto y Enigma es una forajida.

Está claro quién está ganando la guerra secreta.

El caso es que Spoiler, Amaz∞na y yo colaboramos en secreto con Enigma que, aunque está un poco loca, es la única esperanza para proteger MultiCosmos.

Enigma es la cibercriminal más buscada de la Tierra, aunque no ha hecho nada malo. Desde hace meses busca el modo de cambiar el peso de la balanza a nuestro favor y recuperar el control de MultiCosmos, pero los otros Masters son tres, llevan tiempo preparando la guerra y tienen a medio mundo sobornado. Así que no es tan fácil como ir a la policía y denunciarlos: los malos son demasiado peligrosos y nuestras familias correrían peligro. Por eso debemos trabajar en secreto, sin que nuestros millones de seguidores sospechen nada.

Salvar la Tierra de los supervillanos virtuales, casi nada.

—Deberíamos hacer una visita a Caos para investigar —le digo a Amaz∞na—. Quizá allí sepan lo que ha ocurrido... si es que alguien lo sabe.

La elfa-enana mira el reloj y se levanta de un salto.

—Tengo que irme ya. ¡Se me ha hecho tardísimo! Recuerda escribirme con los deberes del insti.

—¡¿Adónde vas?! —Amaz∞na ya está prácticamente en la Puerta del planeta.

—¡A Nueva York! Te lo he dicho mil veces en los últimos días. —Pone los brazos en jarras y usa un comando de repetición para no tener que volver a explicarlo. Su voz suena artificial cuando es un eco de la memoria—: La Organización de las Naciones Unidas me ha invitado a dar el discurso inaugural de la convención de líderes mundial...

—«... como la líder influyente que soy» —termino imitando la voz de Amaz∞na. Estoy harto de que repita la misma grabación una y otra vez—. Pero nuestra misión va más allá de ti y de tu fama. Estamos luchando contra los malos para que MultiCosmos y el mundo real siga siendo un lugar libre.

—No estoy jugando a ser famosa, mendrugo —replica ofendida, y puedo imaginar a mi amiga Alex frunciendo el entrecejo delante del ordenador, igual que su avatar—. Participaré en unas jornadas de concienciación sobre el medio ambiente, educación obligatoria...

—¡¿Educación obligatoria?! —protesto—. Pero ¿tú de qué parte estás? ¿De los profes?

—¿Crees que voy a Nueva York para hacerme selfis con Beyoncé? —Me dirige una mirada asesina—. Este viaje es una coartada para nuestra misión secreta. Tengo que buscar aliados para vencer a los Masters, descubrir sus puntos débiles... Si esta guerra se libra también fuera de MultiCosmos, tenemos que luchar en el exterior.

—Está bien: tendré que investigar la desaparición de Burocrápolis yo solito. ¡Gracias por recordarme que los segundones no pintamos nada!

—¡No seas cabezota, animalito! Te prometo que a la vuelta me implicaré a tope en la misión. ¡Cuida de Ñiñiñi en mi ausencia!

—¡No puedo cuidar de Ñiñiñi en Nueva York! —insiste mi amiga. Amaz∞na está a punto de irse, pero en el último segundo se da la vuelta y añade—: Cuídate mucho. Nos jugamos el futuro del mundo real y virtual.

—Y yo me quedo vigilando a la mascota —digo de mal humor—. ¡Lo típico de un héroe!

La elfa-enana me da un abrazo repentino. Incluso siendo un avatar virtual, puedo sentir su fuerza.

Es como si se despidiese para siempre.

—Pase lo que pase, confía en mí. —Su voz suena emocionada. Tengo la impresión de que Amaz∞na no me dice toda la verdad—. Y vigila a Spoiler.

Me tenso y me separo rápidamente de ella.

—¿Cómo que vigile a Spoiler? ¿Te refieres a que no le deje comerse todas las hamburguesas de spam?

Amaz∞na toma aire.

—No; me refiero a que Spoiler se comporta de un modo raro. ¿Es que no te has dado cuenta?

—¡Eh! Spoiler es nuestro amigo. No tenemos nada que temer.

La elfa-enana se cruza de brazos.

—Siempre llega tarde y se despide corriendo con cualquier excusa.

—No sé de qué hablas —respondo en defensa de mi amigo—. Ya sabes que vive en la sabana africana. Allí se cae la conexión con cada estampida de elefantes.

—Ése es el problema: Spoiler *afirma* que vive en África y que tiene nuestra edad, pero ¿qué sabemos realmente de él?

—Me ayudó en el Mega Torneo y también nos salvó la vida en la galaxia Mori. ¿Cómo puedes dudar de él?

—¡Porque no lo conozco en persona! Eso por no mencionar los miles de cosas raras que hace últimamente.

—A lo mejor, lo que te molesta es que yo tenga otro amigo que no eres tú —la acuso furioso.

—¡Arrrg! —ruge Amaz∞na. La Cosmic se da media vuelta y desaparece del planeta.

Perfecto: ahora nos hemos enfadado. Justo lo que necesitamos en medio de este lío.

Pues si Spoiler y Amaz∞na me dan plantón, yo no pienso quedarme de brazos cruzados. Iré a luchar con Enigma, la líder rebelde, a donde haga falta.

Pero cuando abro la aplicación del Comunicador, compruebo que Enigma todavía no ha leído ninguno de los mensajes que le he enviado, lo que me pone todavía más furioso. ¿De qué le sirve ser Master cuando tiene que pasarse el día huyendo de sus enemigos?

Entonces me acuerdo de la explosión cósmica y temo que le haya podido pasar algo. Pero desecho rápidamente esa idea de la cabeza: Enigma es una Cosmic todoterreno. Es más difícil de atrapar que un cerdito untado en aceite.

Estoy a punto de ponerme a ver vídeos de gatitos en bucle... cuando alguien me ataca por la espalda a traición.

‹Todo el mundo tiene algo que ocultar›

—¡¡¡Aaaaaah!!! —chillo asustado. Porque el ataque no ha sido en MultiCosmos, donde habría apretado un comando de histeria, sino en el mismísimo mundo real.

Entonces me vuelvo para ver de frente al asesino... y me encuentro con mamá, que se parte de risa. ¡Qué bochorno!

—¿Es que nunca vas a dejar de asustarte? Si no pusieses el sonido tan alto en los auriculares, me habrías oído llegar.

—A mamá le encanta interrumpir mis conexiones, sobre todo desde que sabe que soy uno de los Cosmics más famosos de la red y una fuente de información para su periódico. Cotillea la pantalla sin ningún disimulo—. Deberías alimentar mejor a tu avatar, seguro que sólo le das comida basura. ¿Y ése es tu planetita particular? Uy, si parece una leonera, cariño.

—Soy el Usuario Número Dos —protesto—, puedo tener mi planeta como quiera.

—¡Y yo soy la madre del Usuario Número Dos, y te ordeno que lo limpies! —Mamá está en modo festival-del-humor—. Y ahora déjate del *MultiCuescos* este y ven a decirnos adiós.

La acompaño al salón para despedirme de ella y de papá. Como cada año por estas fechas, se escapan unos días para celebrar su aniversario. Pero esta vez es especial, porque se van la semana completa para embarcarse en el Crucero del Amor. Según la publicidad, «las parejas podrán disfrutar lejos del estrés de sus hijos». Es un reclamo para padres al borde de un ataque de nervios.

Es la primera vez que nos dejan tanto tiempo solos a Daniel y a mí. Bueno, y al abuelo, que a efectos prácticos es como el hijo mayor. Pero este viaje no podría llegar en mejor momento: las cosas se están poniendo muy chungas en MultiCosmos, así que cuanto más lejos estén de mí, mejor.

Papá nos repite las instrucciones de la casa por trigésima vez.

—Nos has explicado el mecanismo de la lavadora tantas veces que podría desmontarla y montarla con los ojos cerrados —protesta Daniel sin levantar la vista del móvil. Está haciéndose un selfi mientras habla.

—Vámonos, cariño —lo anima mamá—. Ya son mayorcitos para cuidarse solos. Y el abuelo es un excelente cocinero.

Papá me mira por última vez, como calibrando la responsabilidad de un chaval de trece años. Yo respondo con mi expresión más angelical. Finalmente se tranquiliza y se despiden.

—Volveremos el domingo. Llamadnos si necesitáis cualquier cosa —insiste mamá con un pie fuera de la casa—. ¡Y no abuséis de internet!

—Ya lo sabemos: «Una hora de conexión es suficiente para ser molón». —Es la cantinela favorita de mamá. Le brillan los ojos cuando lo digo—. ¡Vamos, marchaos ya! El crucero va a zarpar sin vosotros.

—Está bien. ¡Sed buenos! ¡Os queremos!

Mamá y papá parecen dos tortolitos cuando salen por la puerta. Desde el recibidor, el abuelo, Daniel y yo les decimos adiós con la mano. Parecemos un anuncio de Navidad.

Pero en cuanto mamá arranca y el coche desaparece por la esquina de la calle, nos ponemos en acción.

Daniel corre a su habitación para poner la música a mil decibelios y bailar en calzoncillos a lo Shakira. Si le hago una foto ahora mismo, arruino su vida social hasta la próxima reencarnación.

Pero no puedo salvar MultiCosmos con el «Waka Waka» taladrándome la cabeza, así que voy corriendo a pedir ayuda.

—Abuelo. —Tengo que hablar alto para hacerme oír por encima del ruido—: ¡Daniel ha puesto la música a tope!

Pero el abuelo no me oye. Está demasiado ocupado sacando sus viejos trajes del armario, esos que no se pone desde que falleció la abuela allá por el siglo XVIII. Deben de tener más polillas que un sarcófago.

Tengo que ponerme entre el armario y él para que repare en mi presencia.

—¿Qué haces? —pregunto interesado. Si a mi abuelo se le ha ido la olla y quiere disfrazarse de espía, debo saberlo.

De pronto, el abuelo me ve y se lleva tal susto que corre a esconder su viejo traje de etiqueta en el armario.

—Estaba comprobando que no tenía manchas.

—¿Es que te lo vas a poner? ¿Cuándo?

—¡Ja, ja, ja! —La risa del abuelo es más falsa que un móvil de golosina—. ¿Ponerme yo un traje, a mi edad? ¿Para qué? ¡Ja, ja, ja!

Sin embargo, el abuelo no para de mirarme fijamente hasta que salgo de la habitación. Está claro que trama algo.

Me rindo, no puedo con esta familia de locos. Alicaído, me echo en el sofá del salón. Mi plan de pasar la tarde con Amaz∞na y Spoiler se ha ido al garete porque están demasiado ocupados con sus cosas. MultiCosmos no es ni la mitad de divertido cuando no lo puedes disfrutar al lado de tus amigos.

Repíxeles, he apoyado la cabeza sobre los calcetines usados de Daniel. Esto no puede ir a peor.

Las cosas eran más simples cuando mis amigos y yo no sabíamos que unos villanos querían dominar el mundo. Entonces la red nos parecía el lugar más seguro del planeta y soñábamos con convertirnos en estrellas Cosmics; ahora, por el contrario, tenemos que hacer misiones secretas para vencer a nuestros enemigos, mientras fingimos que no sospechamos nada para proteger a nuestras familias (aunque con este pestazo a calcetín sudado, me replanteo si merece la pena proteger al guarro de Daniel).

Estoy a punto de dormirme en el sofá, con el ruido del televisor de fondo, cuando siento una vibración en mi muñeca izquierda. Es la holopulsera del mundo real, un prototipo regalo de Mori Inc., aunque secretamente hackeada para que los Masters no puedan enviar ondas cerebrales para controlarme.

Vibra otra vez, pero no la miro, convencido de que se trata de un mensaje de publicidad.

Sin embargo, había olvidado que el altavoz se activa al tercer aviso:

—¿Dónde estás, chico?

El mensaje de voz me levanta del sillón como si me hubiesen pinchado en el culo. Llevo días esperando a tener noticias de Enigma, la Master rebelde, y justo se manifiesta ahora. Aprieto el botón de la holopulsera y la llamo, pero la Cosmic ya no responde. ¡¡¡Arg!!! ¡¡¡Esto no me puede estar pasando!!!

Subo corriendo al desván (Daniel me dedica un concierto de eructos cuando paso junto a su habitación) y enciendo el ordenador de nuevo. Inicio MultiCosmos a la velocidad de la fibra óptica.

Escribe tu usuario y contraseña:

<Mientras tanto, en las antípodas de MultiCosmos...>

\<Las Llaves Maestras\>

Mi avatar se aparece en Beta, la ubicación de mi última conexión, pero no veo a Enigma por ninguna parte, y eso que tiene una mata de pelo visible desde la Luna. En su lugar, un gatito de color perla me mira desde encima del torreón.

—¡Eh, gatito! ¿Cómo has llegado hasta ahí?

Por lo visto, el PROHIBIDO LA ENTRADA no se aplica a los gatitos virtuales, la mayor plaga de internet. Los mininos campan a sus anchas por la red, incluso en los planetas privados, y son imposibles de contener. Mi problema es que tengo obsesión por ellos y me entran unos impulsos irrefrenables de achucharlos.

—¡Ven, gatito bonito! —El felino echa a correr en dirección contraria—. ¡Espera!

Entro en el torreón y subo la escalera hasta la parte superior, pero cuando traspaso la trampilla y salgo al exterior... en lugar de un gatito, aparece una Cosmic: Enigma, la Master rebelde. Enigma, la forajida que buscan todas las autoridades, desde los Moderadores de MultiCosmos hasta el FBI. Y la encuentro sentada en una almena, comiendo un muslito de pollo como si no pasara nada.

—Sí que ha cambiado esto —dice Enigma, echando un vistazo a la panorámica del planeta. No me queda muy claro a qué se refiere: si al planeta, a la galaxia o al universo virtual en general. Tanta búsqueda y captura la ha trastocado un poco.

—¡¿Qué haces aquí?! ¡Hay carteles con la captura de tu avatar hasta en el rincón más recóndito de MultiCosmos! ¡Ofrecen una recompensa de un trillón de cosmonedas sólo por una pequeña pista de tu paradero!

Enigma hace un gesto de fingida modestia, como si la estuviese felicitando por un hito histórico. Hito es, pero parece que no comprenda las consecuencias. Yo mismo estoy arriesgándome al hablar con ella sin denunciarla urgentemente a los Moderadores.

—Relájate; esos cretinos no me encontrarían ni aunque llevase un vestido de luces de neón —se jacta Enigma. La versión virtual de Aurora es exactamente igual a la humana, salvo por la toga blanca que le cubre el cuerpo, igualita a la de los otros Masters, y el nick flotante sobre su melena. Su avatar tiene más definición que la vista de un halcón con lentillas—. Estamos en un planeta privado: nadie puede entrar aquí sin tu permiso.

—Salvo tú —la corrijo.

—Salvo los Masters —matiza Enigma, y se me ponen los pelos de punta. Eso significa que los tres villanos también podrían colarse aquí cuando quisieran. ¡Ups!

—Quizá parezca un exagerado, pero ¿recuerdas lo último que me dijiste en Japón, cuando un dron estaba a punto de matarnos? ¡Que los otros Masters planeaban la dominación mundial! Se suponía que nos dirías cómo podemos evitarlo, pero llevas semanas de turismo por MultiCosmos.

—No me fío del Comunicador: nuestros enemigos pueden controlar las holopulseras. Pero tengo buenas noticias: he conseguido algo imprescindible para ganar.

La Master loca saca un objeto pequeño del interior de su túnica. Se trata de una llave de madera muy rudimentaria. Nunca había visto nada igual.

—Esto, muchacho, es un objeto más valioso que cualquier cosa que hayas visto jamás.

La miro con curiosidad.

—¿Qué abre? ¿Un almacén de M&M's Crispy?

Enigma se echa las manos a la cabeza. No tiene sentido del humor.

—Es una Llave Maestra, una de las cinco llaves que abren

la puerta al Panel de Control general. Al principio de los tiempos, los cinco Masters nos repartimos las Cinco Llaves Maestras. No queríamos que nadie tomase el control por su cuenta, sin los demás. Y desde entonces, la puerta no se ha vuelto a abrir.

»Cuando los antiguos amigos nos separamos, los otros Masters comprendieron el problema: nos necesitaban para hacerse con el control total de MultiCosmos. Y cuando nos negamos, decidieron coger nuestras Llaves Maestras por la fuerza. Por eso estoy en búsqueda y captura, mientras que Nova... Él no tuvo tanta suerte. Lo mataron para robar su Llave.

»Pero han cometido un error. Tenía una teoría acerca de dónde se ocultaba la Llave Maestra de Mc_Ends y he dedicado los últimos días a encontrarla. Me he colado en Burocrápolis, he vencido a cientos de Mobs peligrosísimos y, peor aún, funcionarios que me enviaban de una ventanilla a otra. Pero ha servido de algo: he conseguido hacerme con una de sus Llaves. Y ahora están rabiosos.

En ese momento caigo en que Enigma tiene el pelo chamuscado y la punta de la toga quemada.

—¿Es verdad que han destruido el planeta Burocrápolis?

La Master rebelde agacha la cabeza.

—Esos miserables no se detendrán ante nada para adueñarse de MultiCosmos.

Reparo entonces en el objeto que sostiene en la mano. Es una sencilla llave de madera, tan pixelada que parece del siglo pasado.

La Llave Maestra de Mc_Ends.

—¡Hala! —exclamo entusiasmado—. Debe de valer más que cien Tridentes de Diamantes juntos. ¿Puedo tocarla?

Pero Enigma me quita la Llave Maestra de la vista y la devuelve al interior de su toga.

—No quiero exponerte a tanto peligro. Tendré que esconderla en mi planeta, el único lugar al que los otros Masters no pueden acceder. Es demasiado peligroso llevarla encima.

Las Llaves Maestras. Enigma me habló brevemente de ellas la última vez que nos vimos, y ahora lo confirma: la guerra de MultiCosmos, la dominación mundial, dependerá de quién las consiga primero. Son tres Masters contra una, ahora que Nova está muerto. Pero seguro que no contaba con que Enigma les robaría una llave sin que se diesen cuenta.

Así que el futuro del mundo no se diferencia de un videojuego: hay que encontrar cinco objetos que te darán el máximo poder. Mola. Aunque sea peligrosísimo, MOLA.

—Todavía no he terminado: he descubierto algo sorprendente —continúa Enigma—. Yo pensaba que los otros Masters habían robado la Llave Maestra de Nova cuando... lo hicieron desaparecer. Pero me equivoqué.

Enigma activa una proyección en su holopulsera. En ella se ve a Nova, el único Master que no he conocido virtualmente. ¡¿No estaba muerto?! Sé que es él gracias al nick que flota sobre la cabeza del avatar y su túnica blanca de Master, pero apenas queda rastro del joven universitario que todo el mundo conoce por fotos. Nova es, seguramente, el Master que más cambió desde que los cinco se reti-

raron de los focos. Luce una larga melena morena ondula-
da, junto con una barba tan sucia y descuidada que
provocaría el infarto de un hípster. Sus dientes se han
vuelto un poco grises (y eso que es su avatar; no quiero
imaginar su yo real). Los ojos, sin embargo, siguen siendo
las dos piedrecitas vidriosas que lo convirtieron en el
«Master misterioso».

De pronto el Cosmic carraspea —yo casi me despixelizo
del susto— y empieza a hablar:

—Hola, Enigma. —Su voz suena como una ballena que
lleva días sin dormir. ¿No se suponía que estaba muerto?
¿Que los otros Masters lo habían matado a sangre fría?
Enigma pone cara de funeral—. Sabes tan bien como yo lo
que Mr Rods, G0dNeSs y Mc_Ends serán capaces de hacer
con tal de conseguir el dominio de MultiCosmos. Últimamente siento que me espían, y temo que sean capaces de
lo peor para arrebatarme mi llave del Panel de Control.

Nova

ESTOY GRABANDO ESTE VIDEOMENSAJE POR PRECAUCIÓN. SI RECIBES ESTE VÍDEO, SOLO PUEDE SIGNIFICAR UNA COSA: ESTOY MUERTO.

NUESTROS VIEJOS AMIGOS HAN CONSEGUIDO MATARME.

Ahora entiendo la cara de entierro de Enigma. No puede disimular su dolor ni con un avatar de por medio.

—Sin embargo, ellos no conseguirán hacerse con mi Llave Maestra aunque me maten. Contaba con que lo intentarían. —Nova sonríe un poco, como si le divirtiese aguar la fiesta a sus enemigos. Enigma sigue seria como un cabezón de la isla de Pascua—. Para asegurarme de que no me la arrebatarían después de muerto, escondí la llave en un rincón secreto de MultiCosmos, un escondite al que deberás llegar en caso de emergencia. Búscala, amiga mía, y será tuya.

La imagen de vídeo vibra y la proyección se inicia de nuevo. Enigma usa un comando de exhalación y apaga el holograma. Me mira mientras se recupera del mal trago de ver a su amigo muerto.

—Nova era consciente de que cualquier día podían ir a buscarlo, así que programó este vídeo para que me llegase en el caso de que él no iniciase sesión en un plazo de cien días. Ese tiempo, por desgracia, se ha cumplido hoy —dice mientras se muerde el labio.

—Es una buena noticia —afirmo para romper el hielo y animarla, aunque ni yo mismo me lo creo del todo—: Esto significa que los Masters Malos no tienen la llave de Nova.

Enigma se vuelve porque no quiere que la vea llorar y habla al horizonte.

—En cierto modo, sí: estamos mejor de lo que pensábamos. Hay un empate técnico: ellos tienen dos Llaves Maestras y yo tengo otras dos. Si conseguimos la de mi amigo antes que ellos, tendremos una ligera oportunidad de salvar el mundo.

Repaso mentalmente las palabras de Nova. Ha sido bastante claro respecto a la llave: «Escondí la llave en un rincón secreto de MultiCosmos, un escondite al que deberás llegar en caso de emergencia».

—¿Por qué no has ido a por esa llave todavía? —le pregunto a Enigma—. Si la consigues tendrás tres de cinco. Esto estará casi ganado.

La Cosmic suspira resignada.

—Porque la Llave Maestra de Nova se encuentra en el lugar más inaccesible de la red —responde con preocupación—; más infranqueable que ningún rincón que puedas imaginar. Para encontrar la Llave Maestra de Nova hay que viajar... en el tiempo.

<La arruga del tiempo>

Casi se me escapa una risotada. ¿Ir al pasado? Enigma ha debido de perder definitivamente la cabeza.

—Los viajes en el tiempo están muy bien en las pelis de ciencia ficción, pero esto es el mundo real. Puede que algunos planetas virtuales no hayan puesto sus relojes en hora, pero sigue siendo imposible viajar en el tiempo.

—¡Cosmic incrédulo! —bufa Enigma, y por un momento me recuerda a un gato, uno como el que me ha atraído hasta aquí unos minutos antes—. Que no hayas viajado nunca en el tiempo, no significa que no lo puedas hacer. ¡No hablo del tiempo de fuera, hablo del *tiempo virtual*!

»Al principio de MultiCosmos, cada uno de los Masters se encargó de una parte específica del desarrollo de la web. GOdNeSs era muy buena con los Mobs, lamentablemente —dice con disgusto—; Mc_Ends se encargó de las construcciones y materiales como el hormitrón; Mr Rods tiene un peligroso don de gentes, por lo que se encargó de las relaciones públicas y la financiación; yo era la encargada de crear los comandos, entre otras cosas.

La historia de los cinco Masters, los fundadores de MultiCosmos, es sobradamente conocida, al menos la parte superficial. He perdido la cuenta de las veces que he visto su documental en YouTube. Pero, misteriosamente, el papel de Nova, el Master asesinado, nunca me quedó claro.

—¿Qué hacía Nova, el quinto fundador?

—Él... —parece que a Enigma le cueste pronunciar el nick de su excompañero— era el responsable de las comunicaciones y la ciberprotección. Fue el artífice del Transbordador, del inicio de sesión y de las cinco Llaves Maestras que nos repartimos durante los primeros días, con el objetivo de que ninguno pudiese manejar el Panel de Control sin permiso de los demás. Pero también ideó otra parte fundamental de MultiCosmos: las copias de seguridad.

Le digo a todo que sí porque no quiero parecer un novato, pero la *Guía Imprescindible* no dice ni pío de eso. Enigma continúa hablando:

—Las copias de seguridad son versiones antiguas de MultiCosmos. La base de datos registra y almacena constantemente cada detalle de lo que pasa en el universo virtual para su archivo. Gracias a eso podemos hacer búsquedas en el historial, por ejemplo.

—¡Eh! ¡Eso es muy útil! —exclamo feliz por conocer algo de lo que hizo el Master muerto—. Siempre que necesito comprobar algo en el historial, la holopulsera me lo dice en un microsegundo.

—Técnicamente, tu holopulsera se conecta a la copia de seguridad y le solicita la información que quieres. Nadie se plantea que todo ese contenido antiguo tiene que almacenarse en algún lugar, un lugar que los Masters tuvimos que cerrar para evitar la hecatombe en la red.

—Bah, no será para tanto.

—¿No me crees? Entonces echa un vistazo a esta historia. Sucedió hace unos diez años.

PERO ENTONCES SURGIÓ BIRUS, EL MAYOR PIRATA HASTA LA FECHA. ATRACÓ EL BANCO CENTRAL VIRTUAL Y ROBÓ MILLONES DE COSMOMONEDAS.

MULTICOSMOS SE HABÍA HECHO TAN GRANDE QUE CUALQUIER RESTAURACIÓN TENÍA GRAVES CONSECUENCIAS.

DESPUÉS DE AQUELLO, DECIDIMOS BLOQUEAR LA RESTAURACIÓN DE COPIAS DE SEGURIDAD Y CREAMOS EL CUERPO DE MODERADORES PARA EVITAR NUEVOS INCIDENTES. EMPEZABA UNA NUEVA ERA EN MULTICOSMOS.

Enigma apaga la holopulsera y continúa hablando:

—Aunque el pirata Birus fue arrestado, las consecuencias de retroceder en el tiempo resultaron catastróficas. MultiCosmos se había hecho demasiado grande y rebobinar millones de partidas provocó el caos. Se perdieron los duelos de ese día, las aventuras, desaparecieron millones de cosmonedas e incluso los nuevos registrados volvieron al cascarón. ¿Imaginas cómo sería obligar a la Tierra a retroceder en su vuelta al Sol? Esto no fue menos.

Esta información es más difícil de digerir que la lasaña de papá.

—Pero si los Masters bloqueasteis la restauración de las copias de seguridad, ¿cómo recuperaremos la llave de Nova?

—Muy sencillo: no hay que restaurar una copia de seguridad. Más bien, hay que *colarse* en ella. —Enigma sonríe. Yo suelto un silbido de admiración. Empiezo a entenderlo. *Creo*—. Por desgracia, los riesgos de viajar a las copias de seguridad son elevadísimos y el acceso está terminantemente prohibido. Cualquier interferencia en el pasado puede desencadenar un desastre en el presente.

—Tú eres una Master. No hay nada que no puedas hacer.

—Precisamente por eso, muchacho. Mi rango de Master es demasiado poderoso para moverme por el pasado sin interferir. Cada paso que diese, cada brizna de hierba que pisase, se vería tan afectado por mi influencia que provocaría una hecatombe intertemporal que llegaría hasta el presente y lo modificaría. Por eso... te necesito a ti.

La Master fugitiva se queda en silencio, mirándome con

sus ojos de pez. Tengo que admitir que escuchar que un fundador de MultiCosmos necesita mi ayuda es bastante molón. Pero tengo que hacerme el duro.

—Soy el Usuario Número Dos. Mi presencia también afectará al espacio-tiempo.

Enigma suelta una risotada. Ni que le hubiese contado un chiste.

—Créeme que *no*.

—¡Tengo un montón de Puntos de Experiencia! ¡Y sé hacer el koala patoso!

Le hago una demostración. Estoy muy orgulloso de ese comando.

—Son nimiedades al lado del poder de un Master —responde Enigma, segura de sí misma—. Déjate de rollos y vamos al grano. Hay que salvar MultiCosmos y a la humanidad. ¿Estás preparado para colarte en una arruga en el tiempo y detener los planes de dominación mundial de los otros?

‹Maniobra de alto riesgo›

El avión sobrevuela Nueva York al amanecer. Visto desde el aire, Manhattan parece una piedra preciosa bajo el sol matinal. Alex, sin embargo, no puede disfrutar de la escena.

Está pensando en el paso que dará en las próximas horas, un plan secreto que ni siquiera ha compartido con su mejor amigo. Porque no solamente asiste a la cumbre internacional para buscar aliados: también quiere desenmascarar a los Masters delante de todos, aprovechando que los noticieros del mundo entero estarán siguiéndola en directo. Aprovechará que Celsius, el Administrador Supremo de MultiCosmos, estará presente en la sala para mandar que lo detengan.

Una maniobra peligrosa, pero esto es una guerra. Y hay que asumir riesgos.

—Qué distraída estás. Ni que fueses a la guerra —se burla Patricia.

«Si tú supieras...», piensa Alex con el corazón encogido.

Unos minutos después, el avión aterriza en el aeropuerto. Sus madres se mueren de ganas por conocer la gran urbe.

—¡Iremos a ver Central Park! —dice Sara.

—¡Y Rockefeller Center! —añade Patricia—. Vamos a pasarlo en grande.

Las dos están entusiasmadas con el viaje oficial de su hija a Nueva York. La única que no lo celebra es la propia Alex, que sabe lo que se juega.

Claro que, si les dijese que la humanidad depende de la reunión que va a tener, se asustarían, cogerían las maletas y se llevarían a su hija muy lejos de allí. Al Polo Sur por lo menos.

La chica les sigue la corriente. Aunque en el fondo está muerta de miedo.

Una limusina las espera al final de la escalerilla del avión. Tiene las banderitas de MultiCosmos sobre los faros.

Mala señal.

Cuando Alex termina de bajar la escalerilla, un miembro de la Brigada de Seguridad de la web corre a abrirle la puerta. La chica tiene la sensación de haberlo visto antes.

—¡Qué amables estos de MultiCosmos! —exclama Patricia, guiñando un ojo a su hija—. Han enviado una limusina para llevarnos al hotel.

Pero el tipo trajeado, que fuma un puro apestoso, niega con la cabeza.

—Es un vehículo exclusivo para la Usuaria Número Uno —anuncia—. La reunión de los líderes mundiales se ha adelantado.

Amaz∞na tiene un mal presentimiento, pero por suerte sus madres no sospechan nada.

—Qué emocionante, ¡nuestra hijita en la ONU! —Sara da una palmadita en la espalda a Alex—. Recuerda no hablar con la boca llena. Y trata de usted a los presidentes. Y...

—Tenemos prisa —la corta el miembro de la Brigada de Seguridad—. Para ustedes hemos dispuesto otro vehículo que las llevará directamente al hotel. Todos los gastos corren a cargo de MultiCosmos. Estarán tan cómodas que no querrán salir...

Alex lo interpreta como una profecía, pero por suerte, ni Sara ni Patricia leen sus pensamientos y corren con sus maletas al segundo coche después de despedirla con unos besos sonoros.

—¿Habrá jacuzzi? ¡No me he traído gorro de agua!

El coche de sus madres se aleja y la Usuaria Número Uno, también conocida como Amaz∞na, entra en la limusina dispuesta a enfrentarse a la prueba más difícil. Tendrá que hacerlo sola.

<Raro, raro>

Salvar el mundo sería más fácil si no tuviese que parar para dormir. Pero hay que hacerlo, así que Enigma y yo quedamos en vernos al día siguiente.

Después de varias pesadillas en las que los Masters se convierten en los amos del mundo, me despierto cubierto de sudor. Es hora de ir a clase. ¡Menos mal que sólo eran sueños!

Las clases de la mañana pasan sin ninguna emoción. Lo único destacable es ver a Rebecca pavoneándose delante de sus amigos. Por lo visto la han invitado a una superfiesta a la que ellos no podrán ir.

—Entendedlo, sois demasiado vulgares —dice a sus colegas con naturalidad.

El insti se vuelve más aburrido cuando no está Alex. A mediodía nos intercambiamos unos mensajes por el Comunicador. Mi amiga ya está en Nueva York para la convención de líderes mundiales, con la esperanza de detener el plan para acabar con la libertad en internet.

Cuando después de clase vuelvo a mi casa, tropiezo con un montón de cajas en la puerta.

Lo primero que pienso es que han entrado unos ladrones. O aún peor: que los matones de los Masters han venido a por mí. Hay trastos por el suelo y las persianas están bajadas. Pero cuando escucho el grito desafinado de mi hermano, recuerdo que éste es su modo de marcar territorio durante la ausencia de papá y mamá. Daniel está imitando un baile de reguetón con la música altísima. Lo graba todo para sus redes sociales, no sea que quede alguien por ver sus recién estrenados abdominales.

—¡¿No puedes bajar la música?! —le grito para hacerme oír sobre el «perrea, perrea»—. ¡Así no hay quien viva!

—Tendrás que esperar a ser mayor que yo para darme órdenes. —Daniel hace una pausa dramática—. Ups, eso no va a ocurrir *jamás*.

Cuando me conecto a MultiCosmos en el desván, Ñiñiñi salta sobre mi avatar para darle la bienvenida a lametazos. Encima tengo que hacer de niñera de la mascota de Amaz∞na.

Spoiler también está aquí, después de haberse marchado de una manera tan extraña ayer. Se pone nervioso cuando le pido explicaciones.

—Es que tuve que... limpiar el refugio de los elefantes.

Odio admitirlo, pero Amaz∞na tiene razón: Spoiler se comporta de un modo raro, raro. Pero no tengo tiempo para teorías locas, porque Enigma aparece de pronto en medio de Beta.

La Master tiene el pelo tan alborotado que parece que ha metido la lengua en un enchufe. Spoiler y ella no se conocen, así que hago las presentaciones.

—Me va a acompañar en la misión —le digo a Enigma—. Está en nuestro bando.

Sin embargo, ella repasa a mi amigo como si estuviese en una rueda de reconocimiento.

—¿Te conozco? —le pregunta de pronto a Spoiler. Por la cara de la Master, parece que se han visto antes. De pronto niega con la cabeza—. Imposible. Nunca presto atención a los Cosmics del montón. Me basta con que tu colega confíe en ti.

Enigma se olvida enseguida de él y retoma el asunto que nos ha reunido aquí:

—Cuando deduje que Nova había escondido su llave en una arruga en el tiempo, revisé los informes de las copias de seguridad, y descubrí una vibración espaciotemporal sin explicación en un archivo del año 2 de MultiCosmos, como si alguien se hubiese colado en el pasado. Supongo que conocéis GossipPlanet...

—¿Que si lo conocemos? Amaz∞na, Spoiler y yo somos invitados de honor.

Allí está El Emoji Feliz, nuestra taberna favorita. Y también la más sucia de esta parte de la galaxia.

Si la llave de Nova estuviese allí, lo sabríamos. Pero Enigma me lee la mente:

—La llave no está a la vista; de lo contrario, ya la habría encontrado alguien hace años. ¿Estáis listos para viajar al pasado?

Enigma se pone en marcha y se dirige a la Puerta de salida de Beta. Cuando Spoiler y yo la seguimos, el minimamut se pega a nosotros para acompañarnos.

—¡De eso nada, Ñiñiñi! —le digo al Mob—. ¡Tú te quedas aquí!

La bola peluda pone carita de pena, y claro, yo me ablando. Spoiler sale en su defensa:

—Con todas las veces que acabas en el suelo, su trompa aspiradora te puede venir muy bien.

—Ja, ja, ja —le digo ofendido, pero dejo que Ñiñiñi salte a mi mochila para llevarlo con nosotros.

Viajar de Beta a GossipPlanet no me llevaría más de una milésima de segundo como usuario PRO, pero Spoiler no se puede permitir una cuenta de pago. Amaz∞na y yo estamos acostumbrados a acompañarlo en el Transbordador clásico, pero Enigma no puede disimular su fastidio. Los tres nos dirigimos a los asientos del final del vagón, lo más lejos posible de unos gamberros que están armando follón, y tomamos asiento con cuidado de no sentarnos encima de un sándwich de spam.

—Hacía siglos que no subía al Transbordador público —murmura Enigma, que ha activado un comando para pixelar su aspecto, ya que es el avatar más buscado de MultiCosmos—. Es increíble que esta lata siga funcionando.

Los servidores de MultiCosmos están bastante saturados a estas horas, así que tardamos casi una hora en llegar a GossipPlanet.

Por fin suenan las tres notas de bienvenida. Es hora de encontrar esa llave.

<Cumbre catastrófica>

La limusina de MultiCosmos lleva a Alex desde el aeropuerto de Nueva York hasta las mismas instalaciones de la Organización de las Naciones Unidas. Durante el trayecto, el conductor no para de echar el humo del puro a Alex.

—¿Le importaría dejar de fumar? —pregunta la chica después de un ataque de tos—. El olor es muy desagradable.

Como respuesta, el conductor nuevamente suelta una bocanada de humo sobre Alex. Ella baja la ventanilla, harta.

La limusina es solamente para disimular. Los Masters no tienen ningún interés en que se sienta cómoda en su viaje a la gran ciudad.

Nada más poner un pie dentro de la sede de las Naciones Unidas, los miembros de seguridad de MultiCosmos, un equipo de matones que no se molestan en fingir, se esfuerzan por impedir que la chica entre en contacto con cualquier líder mundial. Están frustrando su misión de buscar aliados contra los Masters.

—Sé caminar yo sola, gracias —les dice de mala gana—. No necesito que me rodeéis a cada paso.

—Es por su seguridad —le responde el tipo del puro.

Lo primero que sorprende a Alex es que todos los líderes mundiales llevan una holopulsera. Mala señal.

En un descuido justo antes de empezar la convención, Alex consigue separarse de sus falsos guardaespaldas para hablar a solas con la líder de Alemania. Se dirige a ella en voz baja para no llamar la atención de los matones.

—Necesito tu ayuda —le dice mientras finge mirar un cuadro del gran salón—. Los Masters de MultiCosmos tienen un plan para controlar el mundo mediante las ondas cerebrales de las holopulseras. ¡Ayúdame a evitarlo!

La canciller, una mujer menuda de pelo corto, sonríe con aire bobalicón.

—¿Me estás oyendo? —insiste Alex—. ¡MultiCosmos quiere controlarnos!

Finalmente, la líder responde:

La canciller se sirve un poco de té, pero no se da cuenta de que lo vierte todo en el suelo. Después se va.

Alex se queda con la palabra en la boca. La canciller ha actuado como una zombi, como si estuviera abducida.

«Los Masters la controlan con las ondas cerebrales de la holopulsera —comprende Alex—. La situación es mucho peor de lo que pensaba.»

Enseguida, los miembros de seguridad vuelven a rodearla. Es evidente que no van a dejar que hable con nadie más. Pero Alex no piensa rendirse: todavía le queda un as en la manga.

Media hora después se celebra la cumbre. Los líderes de casi doscientos países se sientan en sus puestos; los periodistas encienden sus grabadoras. El mundo entero está a punto de escuchar la intervención de Alex, más conocida como Amaz∞na, la Usuaria Número Uno. Es su oportunidad de contar lo que traman los Masters.

La joven sube al estrado y empieza a hablar. Sabe que se juega mucho y está muy nerviosa, más que la vez que hizo de arbolito en la función de Navidad.

—Queridos habitantes de la Tierra... —dice. Su voz resuena por todas partes. Los líderes la escuchan atentamente. En ese momento un hombre trajeado irrumpe en la sala. Lleva un pin de MultiCosmos en la chaqueta. A Alex le da un vuelco el corazón: es el mismísimo Celsius, el Administrador Supremo de la web, la mano derecha de los Masters. Su presencia le recuerda lo que ha venido a hacer a Nueva York—. ¡Tengo algo muy importante que decir!

Habla con tanto ímpetu que despierta al primer ministro de Canadá, que se estaba echando una cabezadita. Celsius, muy cerca del estrado, se agita.

El público la mira con interés. Alex sabe lo que tiene que decir.

—Vengo a denunciar un hecho de suma gravedad. El mundo corre grave peligro. Los Masters de MultiCosmos...

Pero antes de que pueda terminar la frase, el Administrador Supremo sube al estrado y le arrebata el micrófono con una sonrisa fingida.

—¡Amaz∞na ha hablado claro! El mundo corre peligro y los Masters son los únicos que podrán evitarlo. ¡Uníos a MultiCosmos y juntos lograremos la paz mundial! Hay que aplastar a la cibercriminal Enigma y a sus secuaces. ¡Permitid que nuestros drones vigilen el mundo, y nunca más volveréis a pasar miedo!

Alex intenta recuperar el micrófono, pero Celsius se resiste.

—¡Eh, yo no he dicho eso! —replica la Usuaria Número Uno, pero sus palabras quedan enmudecidas por el sonido de los aplausos. Los líderes se han levantado para celebrar su intervención... y la de Celsius. La canciller de Alemania aplaude con entusiasmo, aunque su expresión refleja que no se ha enterado de nada, igual que los demás.

Los Masters los controlan a todos con las holopulseras.

—Es el principio de una nueva era —anuncia el Administrador Supremo—. MultiCosmos será la gran nación que unirá el mundo entero.

Los miembros de seguridad se llevan a Alex a otra sala.

Celsius aparece justo detrás, y por la cara que pone, su plan ha salido a las mil maravillas.

—Muchas gracias por tu ayuda, Amaz∞na. Parece que los líderes mundiales están decididos a firmar el acuerdo con MultiCosmos. ¿Oyes cómo aplauden? Esta misma tarde se celebrará una reunión extraordinaria. Si todos firman, a partir de la medianoche, controlaremos internet, y el mundo tangible por extensión.

—¡Eso es justo lo contrario de lo que yo quería decir! Internet debe ser libre... —Los guardias la cogen de los brazos y la arrastran fuera del edificio—. ¿Qué está pasando? Quiero ver a mis madres.

Celsius niega con la cabeza como si negase un caramelo a un niño pequeño:

—Olvídate de eso ahora. Hay unas personas que están deseando conocerte.

—¿Quiénes?

—Los Masters de MultiCosmos, por supuesto. Te esperan en su refugio secreto.

<El antiguo GossipPlanet>

En el viaje a bordo del Transbordador nos enteramos de las consecuencias de la reunión internacional en Nueva York.

Y son escalofriantes.

—Los líderes mundiales han aceptado estar bajo el mando de MultiCosmos —nos anuncia Enigma, que no pierde detalle de la última hora—. Es el principio del fin.

—¿Cómo son tan bobos? —pregunto—. ¡Están regalando nuestro mundo a los Masters!

Enigma suelta una de sus carcajadas frías.

—La radiofrecuencia de las holopulseras ha manipulado el cerebro de la mitad de los líderes. La otra mitad están sobornados. Nuestros enemigos llevan mucho tiempo trabajando en la sombra... Pero todavía tenemos una esperanza de echarlos de internet: las Llaves Maestras.

El Transbordador llega a nuestro destino más de una hora después. Enigma echa una mirada acusadora a Spoiler por hacerla pasar por ese trauma.

—Podría regalarme una cuenta PRO en vez de quejarse tanto —me dice mi amigo al oído.

Enigma espera a que el vehículo se aleje por el espacio virtual y saca una esfera plateada del interior de su toga.

Parece una bola de petanca del abuelo, pero sospecho que es algo más.

El andén donde está la Puerta de GossipPlanet es minúsculo, como todos. Nadie se detiene aquí a hacer tiempo. Sólo nos separan unos píxeles del micromundo, pero la Master todavía no quiere entrar.

—¿A qué esperas? —la apremio.

—Si quieres ir a tomar uno de esos zumos de pantone a El Emoji Feliz, adelante, pero estamos aquí para encontrar una Llave Maestra. Y el GossipPlanet al que queremos entrar no es el actual.

¿Cómo sabe que me gusta el zumo de pantone de El Emoji Feliz? ¡Nunca se lo he dicho! Pero la Master sigue hablando:

—Esto es un descronizador, un artilugio extremadamente sensible que crea brechas en el espacio-tiempo. No sé qué podría pasar si se rompiese.

Entonces Ñiñiñi detecta suciedad con su trompa y salta desde mi mochila hasta Enigma para limpiar. La Master pierde el equilibrio, el descronizador da varias vueltas y se golpea contra el suelo. Los tres soltamos un grito ahogado.

—¡Mob del demonio! —le chilla a Ñiñiñi, que corre a protegerse detrás de mí. Se nos ha parado el corazón.

Por suerte, la Master comprueba que está todo bien y respiramos aliviados.

—He marcado en la esfera la fecha a la que debéis viajar. Es el momento exacto en el que Nova llega aquí para ocultar la llave, así que debéis seguirlo hasta su escondite. Y recordad: no podéis interferir en el pasado. Las consecuencias de alterar el espacio-tiempo serían catastróficas.

—¿Y qué pasa si nos encontramos con un Cosmic? —pregunto—. ¿Silbamos para disimular?

—Los Cosmics del pasado no os percibirán, ya que no estáis en el mismo plano espaciotemporal; más bien, estáis paseándoos por la copia de seguridad. Seréis como fantasmas.

—¡Mola! Siempre he querido ser uno —dice Spoiler y los dos nos ponemos a usar comandos fantasmagóricos hasta que la Master nos dedica una mirada asesina.

Paramos antes de que nos expulse de MultiCosmos de por vida.

—Si no sois capaces de hacerlo, buscaré otros Cosmics con más luces.

Nos ponemos serios. Enigma nos da varias pautas para movernos por el espacio-tiempo, hasta que una nave de vigilancia de Moderadores pasa cerca de nosotros. Entonces la Master siente que el tiempo se agota y suelta el descronizador en el aire.

La esfera cae al suelo muuuy lentamente, como si se rigiese por sus propias leyes de gravedad. A nuestro alrededor desaparecen los ruidos y se extingue la luz; entonces la bolita toca el suelo y, mágicamente, se extiende en un círculo verde que rodea al grupo. Es un anillo de luz que resplandece por los bordes.

—¿A qué estáis esperando? La guerra ha empezado. No lo penséis más.

Genial. Un poco más de presión, justo lo que necesitábamos.

Spoiler y yo damos un paso adentro. El anillo eleva una

pared a nuestro alrededor, dejándonos dentro del tubo de luz. Y sí, da mucho canguelo.

—¿Sabes cuánto durará el viaje? Es que no he traído pastillas para el mareo.

—El viaje es un poco largo. Dura exactamente ocho años... hacia atrás.

El anillo de luz cambia su color de verde a rojo. Y de pronto, Enigma desaparece.

Mejor dicho, retrocede. Y vuelve a meterse en el Transbordador, junto a Spoiler y a mí, sólo que no somos Spoiler y yo, sino nuestros yoes del pasado (qué lío). El exterior del

Añade acontecimientos importantes de MultiCosmos:

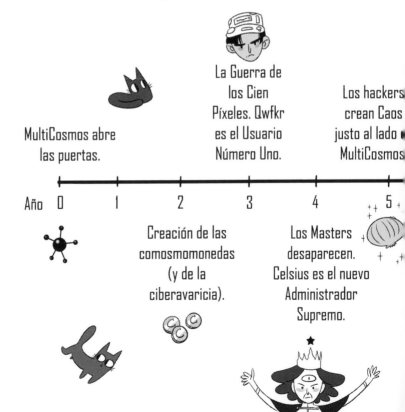

círculo de luz va cada vez más deprisa, retrocediendo en el tiempo, hasta que no se distinguen unos días de otros ni unos meses de otros, y al final, ni unos años de otros.

—Ojalá pudiese mostrar esto en mi canal —suspiro, resignado.

Pero no podemos revelar nuestro plan a los enemigos.

De pronto el viaje en el tiempo se detiene, todo vuelve a la normalidad y la luz se concentra en la esfera plateada de antes.

Pero ya no estamos en nuestra época, ni ésa es la Puerta de acceso a GossipPlanet.

Nos encontramos en el planeta Trol.

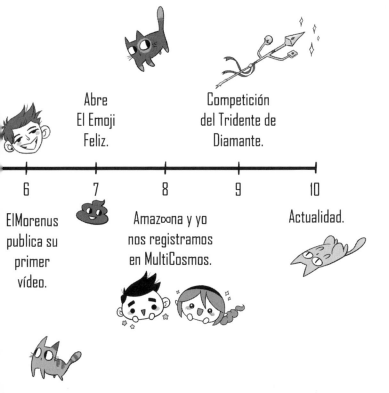

Planeta Trol
Galaxia Yxala9
Modo: Lucha
Cosmics conectados: 517

<Planeta Trol>

—Podía ser planeta Feliz, o planeta Todo-va-a-salir-bien, pero no, ¡tenía que ser planeta Trol!

Spoiler y yo cruzamos la Puerta y aparecemos en el centro del planeta. Saco la espada binaria del inventario, pero Spoiler niega con la cabeza.

—Espero que no la necesitemos. Recuerda lo que ha dicho Enigma: las consecuencias de alterar el pasado serían catastróficas.

Yo agarro la espada por si acaso. En MultiCosmos nunca se sabe.

Un grupo de trols con aspecto amenazante pasa cerca de nosotros. Me pongo en alerta, pero nos ignoran como si fuésemos fantasmas. Tengo que hacerme a un lado para que no me arrollen a su paso.

Los avatares, con nicks tan intimidantes como SacaMuelas o AsustaPollitos, luchan por los restos del botín que probablemente ha abandonado ahí un jugador de más nivel. Se atacan los unos a los otros y un minuto después no queda nada. El grupo se disuelve para ir en busca de otros restos de trofeos.

Echo un vistazo alrededor para comprobar que no existe nada parecido a GossipPlanet, y por supuesto, no hay ni rastro de los famosos establecimientos de la avenida principal, como El bar de Ona o #Hashtag. En su lugar hay cabañas que se sostienen a duras penas en pie y hogueras que sirven de fuente de calor y cocina a los Cosmics que malviven aquí.

Los avatares son bastante primitivos y tienen un aspecto amenazante. Los trols se divierten molestando al resto de los Cosmics, ya sea destripando el final de una peli, insultando o haciendo ruido para que no se escuche nada más. Los Moderadores de hoy los mantienen a raya, pero se ve que en el pasado campaban por la red a sus anchas. Son un fastidio.

Un insecto pasa entre nosotros y nos da un susto de muerte. Es una especie de libélula semitransparente de dos palmos de largo. No había visto este Mob jamás.

—¿Qué repíxeles...?

La libélula se coloca sobre uno de los corrillos de trols, que no se dan cuenta de lo que está pasando, y succiona la imagen durante un minuto. Su cuerpo de cristal se llena de pronto con una especie de líquido multicolor. Cuando el Mob se da por satisfecho, se eleva en el aire con su panza llena y se desvanece en medio de un estallido imperceptible, como si nunca hubiese estado aquí.

Los trols no se han dado ni cuenta, pero Spoiler y yo lo hemos visto todo. Entonces caigo.

—¡Es un libador! —chillo de pronto—. Son los Mobs encargados de recuperar datos del pasado para mostrarlos en el presente. ¡Por eso los trols no lo han visto!

Enigma me habló fugazmente de ellos. Cuando los Mas-

ters prohibieron a los Cosmics viajar por el espacio-tiempo, crearon a los libadores para que hiciesen el trabajo sucio. Son los únicos con licencia para moverse por el pasado, así que más nos vale evitarlos si no queremos llamar la atención. Los Moderadores podrían descubrirnos desde el futuro, es decir, el presente.

Entonces alguien cruza la Puerta y aparece en el planeta Trol.

—¡Eh, ahí viene Nova! —Spoiler me da un codazo—. Atención.

Un Cosmic con pinta de abducido baja del Transbordador y cruza la puerta de acceso al planeta. Es inconfundible con su túnica blanca y nick ultrafamoso, así que no tardará ni un segundo en llamar la atención de los demás. Pero entonces sucede algo increíble: el avatar se transforma en un gatito andrajoso con una oreja mordida. El nick sobre su cabeza ha desaparecido.

Los tres, Ñiñiñi incluido, flipamos con la escena.

El gato andrajoso pasa desapercibido entre los trols. Uno incluso le arroja una lata de Cosmic-Cola para asustarlo, pero el felino continúa su camino. Spoiler y yo nos quedamos quietos sin saber qué hacer, hasta que Ñiñiñi toma la iniciativa y sale corriendo tras él.

Ñiñiñi, Spoiler y yo seguimos al gato durante varios minutos. El animal controla la situación.

—¿El gato es... Nova? —pregunta Spoiler, confundido.

—Eso me temo.

Entonces lo entiendo todo. Los gatos siempre están ahí en los momentos importantes. Ayer Enigma se apareció donde un segundo antes había un gato. Hace tiempo, en la galaxia Mori, Sidik4 me advirtió sobre los gatos y me dijo que no eran lo que parecían a simple vista.

No son simples gatitos de internet. Esos gatos son los Masters. Transformados en gatitos como dioses que se pasean disfrazados por el mundo de los mortales.

¿Cómo he podido ser tan idiota para no verlo antes?

El gato se pasea entre la basura, como si buscase algo

entre los escombros, cuando escuchamos un silbido a la derecha. Hasta el gato se vuelve para ver de qué se trata.

Una Cosmic se acerca despacito al gato. Viste harapos y tiene pinta de no haberse cepillado el spam en años. Tengo que sacar un ambientador de la mochila para no morir por el pestazo.

—Gatito bonito, ven aquí. ¡Gatito bonito!

El gato se queda tieso sobre sus patas traseras, y yo tengo que agarrar a Ñiñiñi para que no salte sobre ellos y provoque un desastre espaciotemporal.

—Es una trol —dice Spoiler, alerta—. Va a comerse al gatito.

El gato, o sea Nova, maúlla. En vez de huir, se acerca a la Cosmic a saltitos. Yo cierro los ojos esperando el momento en que la Cosmic lo despelleje para lanzarlo al caldero. Es lo que se espera de una trol.

Pero en lugar de eso, Ona, que es como se llama la usuaria, saca una cookie del bolsillo y se la ofrece al gato, que la come de su mano.

—Ya pensaba que no volverías, gatito bonito —le dice ella. Por lo visto no soy el único que les habla a los gatos. Porque seguro que la Cosmic no tiene ni idea de que el gato no es un gato, sino un Master—. Eres mi única alegría en este tugurio. Todo el día tengo que luchar para que no me roben la comida, la cabaña o los PExp. ¡Este planeta es un asco! Pero algún día conseguiré salir de aquí y montar algo en un planeta digno. ¡Y tú serás mi cliente de honor!

Esta Cosmic está un poco loca. Cuando el gato se termina la cookie, Ona vuelve a su cabaña soltando un montón de lamentaciones. Empiezo a pensar que estamos perdiendo el tiempo cuando de repente aparece un nuevo Cosmic en escena.

Y esto sí que es flipante nivel PRO: es el mismísimo Nova.

—¿Estoy soñando o estamos viendo dos Novas a la vez?

Es la cosa más rara que he visto nunca en MultiCosmos.

‹El Cosmic duplicado›

Nova ha reaparecido otra vez con su cuerpo humano. Humano-virtual, se entiende. Sonríe al mirar al gato.

—¿No se supone que el gato también es ÉL? —Spoiler está tan perplejo como yo.

Pero el gato se transforma de nuevo para recuperar el aspecto de Nova. De manera que ahora hay dos avatares idénticos, dos copias del Master en el mismo lugar. De pronto el que llegó antes, que no se ha percatado de la presencia del nuevo, se va por donde ha venido.

—Mola, tron —suspira Spoiler—. Tenemos que aprender a activar ese comando duplicador.

Tiemblo al imaginar mi vida con dos Spoilers.

—Nova no se ha multiplicado —comprendo—. Lo que ocurre es que el primero pertenece a su tiempo, mientras que el otro se ha colado en el espacio-tiempo. Por eso no han hablado: pertenece a otra época, como nosotros.

El segundo Nova se olvida del primero y, aprovechando que no hay nadie alrededor, abre una puerta trasera de la cabaña de Ona. Es un retrete exterior.

—Tenemos que entrar —le digo a mi amigo.

—¿Para verlo hacer aguas mayores? Ni loco.

Pero dudo que un Master se tome las molestias de venir

hasta el planeta Trol para descargar el intestino, así que agarro a Spoiler y lo empujo al interior de la cabina del váter justo antes de que Nova cierre la puerta.

Los píxeles del planeta vibran. El Master está alterando la copia de seguridad, pero no me voy a quejar, porque gracias a eso Enigma tuvo una pista de dónde escondió la llave.

Estamos dentro de la cabina. Aunque casi no hay espacio. Se trata de un cubículo minúsculo que no contiene nada más que un váter con más mugre que una alcantarilla.

—Ni se te ocurra tocar nada —le advierto a Spoiler—. El espacio-tiempo...

—Este tron va a plantar un baobab. —Es la versión africana de «plantar un pino»—. ¡¿Crees que me apetece tocar algo?!

Pero, tal como sospechaba, el Master no tiene intención de utilizar el retrete. O al menos, para el uso habitual.

Nova echa un vistazo por el agujerito de la puerta y comprueba que no hay nadie. Entonces mete la mano en el interior de la toga y saca un objeto púrpura que parece que tiene vida propia. Cuando me fijo bien, compruebo que es una llave, la Llave Maestra, pero no se parece a nada que haya visto antes.

La Llave Maestra de Nova es líquida y está en constante movimiento. De su interior emana un hipnotizante brillo púrpura.

Entonces Nova coge aire, se agacha delante del inodoro y mete la mano con la llave hasta el fondo.

A mí me entran ganas de vomitar.

—¡Qué asco, tron! —suelta Spoiler.

El Master rarito está forcejeando con el agujero del váter cuando un ojo de iris amarillo se asoma por el agujerito de la puerta. Me llevo un susto de muerte.

Porque ese ojo mira a Nova primero. Yo también lo haría si un Cosmic estuviese peleándose a vida o muerte con un retrete. Pero lo más inquietante viene después, cuando el ojo se fija en mí.

Me clava su mirada.

Y después desaparece.

—¿Lo has visto? —le pregunto a Spoiler. Los dos estamos pegados a la pared para no tocar nada del pasado. Mi amigo se encoge de hombros, clara señal de que no sabe de qué le hablo—. ¡Hay alguien fuera!

—Será alguien que quiere mear. ¿Qué tiene de raro?

—Sea quien sea, juraría que nos ha visto. Y se supone que los Cosmics del pasado no pueden percibirnos.

Con cuidado de no tocar a Nova, que sigue forcejeando con el retrete, miro por el agujerito de la puerta. Una Cosmic se aleja rápidamente por el horizonte. Tiene un corte de pelo futurista, rapado por los lados y con un mechón en la frente peinado hacia atrás, todo plateado. Su nick es Mai y carga una vara de lucha en la espalda.

De pronto Mai se vuelve por un segundo y clava sus ojos amarillentos en mí. Me quedo helado. Es bastante guapa. Después echa a correr hasta que desaparece de mi vista.

¿Es posible que no seamos los únicos viajeros en el tiempo?

—Atento, ya termina —me avisa Spoiler.

Nova finaliza la Operación Retrete. La llave ya está en su escondite. Y en uno bastante bueno, la verdad.

Antes de irse, el Master deja una nota sobre la cisterna:

Gracias por alimentarme durante meses. Ahora me iré a maullar a otros planetas, pero te dejo un pequeño obsequio como agradecimiento.

Fdo.: Gatito Bonito

P. D.: No cambies el retrete jamás. Le dará mucha personalidad a tu negocio.

Nova deja un montón de cosmonedas junto a la nota, recupera su aspecto de gato y sale maullando de la cabina. A juzgar por el mensaje, ésta es la última vez que estará por aquí.

Estos Masters tienen unas maneras de divertirse muy raras. ¡A quién se le ocurre hacerse pasar por gato durante meses para acabar escondiendo la llave en un retrete repugnante! Y luego los tontos somos los demás.

Por lo menos ya sabemos dónde está la llave, pero si tocamos el retrete en el pasado, corremos peligro de alterar el espacio-tiempo, algo que provocaría un lío pardo. Enigma ha sido muy clara al respecto.

Saco el descronizador y activo el anillo de luz.

—Volvamos al presente a coger esa llavecita.

‹El retrete más famoso del mundo›

El viaje de vuelta pasa más rápido. El planeta Trol se transforma a nuestro alrededor a toda velocidad, hasta que se convierte en el GossipPlanet que conocemos.

Y no estamos en cualquier rincón. Hemos ido a parar a los aseos de un bar.

Exactamente, el famosísimo bar de... Ona.

—Repíxeles —suelto cuando caigo en la cuenta.

El bar de Ona es uno de los establecimientos más populares del planeta, tan famoso que tienes que pedir mesa con dos años de antelación. Su plato estrella es el potaje de java, considerada la mayor delicia de esta parte de la galaxia por todos los Cosmics. Todos menos yo porque me da unos gases de campeonato. No quiero imaginar lo que pasaría si comiese un plato entero: seguramente provocaría un Big Bang de pedos.

El hecho de que la Cosmic Ona, antes de ser una superestrella, fuese una trol vagabunda me da que pensar. Nova supo ver en Ona lo que nadie más vio. A veces sólo necesitamos que alguien confíe en nosotros para transformarnos.

Tengo que dejarme de reflexiones porque un avatar con cabeza de cerdo entra en este preciso momento. Pienso algo rápido.

—Disculpe, pero debe salir de aquí.

El Cosmic, que se llama Puerco32, me mira mosqueado.

—¿Ah, sí? ¿Y por qué tendría que irme?

Spoiler y yo nos miramos nerviosos. Deberíamos haber pensado una excusa antes.

Le robo el potaje que tiene en la mano (sólo un cerdo entraría con comida en el baño), bebo una simple gotita y es suficiente para que me tire un pedo que hace retumbar la habitación.

—Voy a usar el retrete y le aseguro a usted que no querrá estar aquí dentro para olerlo.

Parece que eso convence al Cosmic, porque da media vuelta y se va. Yo lanzo el resto del potaje al inventario, porque no quiero explotar de pedos. Spoiler atranca la puerta y nos quedamos solos en los baños del bar de Ona.

Hay unos cuantos urinarios y retretes, pero el que buscamos destaca sobre todos los demás. Como si de una obra de arte se tratase, hay una valla dorada a su alrededor y una placa conmemorativa.

ANTES DEL PRIMER LADRILLO DEL BAR, HUBO UN RETRETE

—Dudo que Ona sepa que esconde una Llave Maestra en su interior —le digo a Spoiler—. ¿Quieres hacer los honores?

Spoiler pone cara de asco y niega con la cabeza.

—¡No meto la mano ahí ni loco! Además, Enigma te ha encargado a ti la misión.

Menos mal que nos acompaña un Mob aspirador.

—¡Ñiñiñi, amigo mío!

El minimamut sale feliz de la mochila. Cuando ve el retrete prehistórico, da saltos de alegría. ¡Está programado para dejarlo como los chorros del oro!

Dejo que Ñiñiñi haga el trabajo sucio y me preparo para entrar en acción. Tecleo un comando de guante de látex, y después otro comando de guante de acero por encima. Cualquier protección es poca contra esa colonia de microbios.

Doy un salto sobre la barrera de seguridad y me agacho delante del retrete. Entonces meto la mano, primero un poco, pero después hasta el final.

—¡¡¡Arrrg!!! —grita Spoiler.

—¿Ésa es tu manera de animarme? —protesto—. ¡Soy yo el que está metiendo la mano en el váter!

Todo sea por la Llave Maestra que nos dará ventaja contra los Masters villanos. Estiro la mano un poco más hasta que desaparece por el agujero del retrete, pero por más que muevo los dedos, no doy con nada.

Desesperado, utilizo un comando de alargabrazo. Pero ni así.

Finalmente me rindo. No puedo creer que esto esté pasando.

—La llave no está aquí. Se la han llevado.

\<Un cambio inesperado\>

Después de meter la mano hasta las cañerías, confirmo que no hay ni rastro de la llave en el retrete. Spoiler y yo no damos crédito.

—¿Dónde puede estar? ¿Crees que los otros Masters la habrán encontrado?

—Lo dudo. No se habrían tomado la molestia de asesinar a Nova si les hubiese bastado con meter la mano aquí para robar su llave.

¡Qué raro! Seguimos igual que antes: nuestro bando tiene dos Llaves Maestras, los malos tienen otras dos. La quinta, la de Nova, está en paradero desconocido.

A menos que alguien se nos haya adelantado. Y no puedo evitar pensar en la chica de pelo corto que vi antes y que juraría que era otra viajera del tiempo. Aunque parezca imposible.

—Tron, me tengo que ir —dice Spoiler después de echar un vistazo a su Comunicador y cambiar la expresión.

—¿Otra vez? —interrogo a mi colega con la mirada, pero el ninja es indescifrable—. ¿Qué excusa tienes ahora?

—Una jirafa resfriada —responde. A mi amigo se le da fatal mentir y sospecho que me está ocultando algo—. Cosas de la sabana. ¡Volveré, te lo prometo!

Spoiler se va y nuevamente me quedo solo. Pero tengo que llevar a cabo la misión. Debo salvar el mundo.

Saco el descronizador otra vez, abro el anillo de luz y pongo rumbo al pasado. Quiero ver quién robó la llave antes que nosotros. El reloj retrocede a toda pastilla mientras el escenario va cambiando a la velocidad de la luz.

—¡Qué flipe! —le digo a Ñiñiñi. Dudo que el Mob me entienda, pero es mejor que hablar solo.

Cuando el contador de MultiCosmos va por el año 4 de la cronología, veo una figura hurgando en el retrete. Hasta Ñiñiñi se altera.

¡Es el ladrón!

Detengo el descronizador. Es un año después de que Nova escondiese la llave en el váter del planeta Trol. En este momento, Ona ya ha construido la primera versión del bar, aunque necesita una capa de pintura. Efectivamente, hay un Cosmic hurgando en el retrete. No para de mirar hacia la puerta por miedo a que le pillen.

Cuando le veo el jeto, me quedo helado.

Porque es el mismísimo Nova. Ha vuelto a por la llave.

El Master rarito consigue desencajarla del fondo del retrete, la sacude en el aire y la devuelve al interior de su toga. Inmediatamente después sale a paso rápido del baño del bar.

¿Y qué hago yo? ¡Seguirlo!

Es muy difícil perseguir a alguien en el pasado, porque no puedes alterar nada. Tengo que seguir a Nova mientras evito cualquier contacto con Cosmics o Mobs: salto por encima de tres trols, rodeo un grupo de Cosmics gamberros, me empequeñezco para pasar por debajo de una vaca Mob... y todo para no alterar el pasado.

La voz de Enigma resuena en mi cabeza: «Las consecuencias de alterar el espacio-tiempo serían catastróficas». El Master llega hasta la Puerta, la cruza y se mete en el Transbordador.

Estoy a punto de colarme en el vehículo cuando recibo un mensaje en el Comunicador.

Es Enigma. Sólo me escribe cuando es absolutamente imprescindible, ya que ni siquiera sus mensajes están del todo a salvo de los enemigos.

Enigma: Deja inmediatamente lo que estés haciendo y vuelve al presente. La cosa se está poniendo chunga. Tenemos que hablar.

<Una reunión en Caos>

Unos minutos después, Spoiler abandona GossipPlanet. No ha parado de mirar atrás por miedo a que su amigo lo haya seguido. ¿Cómo podría explicarle lo que va a hacer? Poco después, sube en el Transbordador. El lugar al que se dirige no aparece en las guías turísticas. Tiene que activar un comando secreto para poner rumbo más allá de los límites de MultiCosmos.

El comando funciona y lo saca de las fronteras permitidas. Spoiler se dirige a Caos, un universo alternativo creado por hackers, donde los Masters y sus Moderadores no pintan nada.

La última vez que estuvo aquí casi no sale vivo. No tiene ninguna garantía de que esta vez vaya a salir mejor.

Al rato aterriza en la plaza principal de Bahía Pirata, el centro neurálgico del mundo cibercriminal. Toma una calle secundaria, gira varias veces, sube y baja un montón de escaleras y, por fin, llega a un callejón. El callejón Wanna-Cry. Hasta el nombre le pone los pelos de punta.

Hace días recibió un enigmático mensaje en el Comunicador. «Sabemos quién eres.» Por algún prodigio informático, no aparecía el nombre del remitente. Poco después recibió otro: «Llevamos mucho tiempo buscándote».

Spoiler pensó que podía tratarse de un grupo de jugones que quisiera reclutarlo, y lo ignoró porque él ya tiene a Amaz∞na y al Destrozaplanetas. Pero el último mensaje lo acabó de intrigar: «¿Quieres una cuenta PRO gratis? Ven a por ella dentro de tres días al callejón Wannacry, en Caos, y será tuya. Y NO LO COMENTES CON NADIE».

Spoiler no podía decir que no. Estaba harto del espacio limitado de su inventario, de viajar en Transbordador y de detener una aventura por un anuncio de publicidad. Si hacía falta viajar a Caos para conseguir esa cuenta PRO gratis, estaba dispuesto a hacerlo.

Cualquier Cosmic con dos píxeles de frente habría ignorado la invitación, pero Spoiler es un temerario y ahora empieza a arrepentirse de la locura. Para empeorar las cosas, le ha ocultado el viaje a su mejor amigo (aunque seguro que éste ha sospechado algo con tanto vistazo al Comunicador).

El callejón Wannacry está vacío. Y oscuro.

—Tranquilo, tron, todo va a salir bien —se dice para tranquilizarse—. Tienes una pistola de bolas.

—¿Con quién hablas? —inquiere una voz de mujer. Spoiler se lleva un susto de muerte, saca el arma y apunta directamente a su interlocutor.

Se trata de un avatar con cabeza de pastor alemán, cuyo nick es Aren@. Ella también le está apuntando con su arma, un lanzarrayos con el cargador a punto.

—Yo que tú bajaría ese juguete —le advierte una segunda voz. Spoiler se vuelve y ve a otro avatar. Éste tiene cabeza de caniche, se llama K@l y lo amenaza con un mazo

Spoiler

Aren@

gigante—. Mejor hablemos de lo que tenemos que hablar, que para eso has venido aquí.

—Eso —responde Spoiler con miedo—. Quiero la cuenta PRO que me habéis prometido. Me la dais y me piro.

Los dos Cosmics perrunos siguen apuntándolo con sus armas. No hay ni rastro de su regalo.

—¿Quién eres tú? —le preguntan los extraños—. ¿Cómo te atreves a suplantar a Spoiler?

—Yo soy Spoiler —contesta el chico. Pero los otros dos notan una sombra de duda en su voz. No le van a creer tan fácilmente.

—Llevamos mucho tiempo siguiendo tus pasos, impostor. El regalo de la cuenta PRO era sólo un anzuelo para atraerte hasta aquí. Conocemos a Spoiler desde hace muchos años y era el mejor constructor de MultiCosmos, además del mejor colega Cosmic. Si de verdad eres él, sabrás responder a esta sencilla pregunta y te dejaremos ir con vida. Si no conoces la respuesta, tendremos que torturarte para saber qué hiciste con él y cómo usurpaste su avatar.

K@l y Aren@ lo tienen rodeado. El ninja no va a salir de este callejón con vida. ¿Cómo ha sido tan tonto de caer en la trampa?

—La pregunta es simple: ¿a quién ganaste tu primera partida de multicromos?

Spoiler no se esperaba algo así. Pensaba que le harían una pregunta cósmica de examen, del tipo «¿Cuál es la capital de la galaxia M0n€¥?» o «¿Quién es el Cosmic que descubrió el comando de la electricidad?».

Hace memoria. No han pasado ni dos años de su primera partida de multicromos, el juego de mesa Cosmic por antonomasia. Pero no sabe qué tiene eso de importante.

—Le di una paliza a un tal Ramsoc en El Emoji Feliz. Fue más fácil que un videojuego para bebés.

—Incorrecto: me ganaste a mí. Si de verdad fueses Spoiler, no lo habrías olvidado —dice K@l al tiempo que se le pone más cara de perro de la que ya tiene—. Es una pena, porque ahora tendremos que acabar contigo.

Y los dos avatares se abalanzan sobre él.

<Las cosas se complican bastante>

Pongo en marcha el descronizador y regreso a la actualidad. Como esta vez Spoiler no viene conmigo, puedo usar la vía rápida para volver a Beta y reunirme con Enigma.

La Master ya me está esperando en mi planeta.

—¿Qué ocurre? —le pregunto nervioso.

—Todo está listo para que hoy deje de funcionar internet tal como lo conocemos. A medianoche entrará en vigor el acuerdo internacional que permitirá a los Masters de MultiCosmos mandar sobre cualquier país.

—¡No puede ser! ¿Y qué pasará?

Ya me estoy imaginando lo peor: prohibirán los vídeos de gatitos.

—Mr Rods, GODNeSs y Mc_Ends son despiadados. Impondrán su «democracia real», lo que será una dictadura encubierta, y estaremos todos vigilados. A estas horas ya hay miles de drones patrullando las principales capitales del mundo, esperando la señal. Nadie puede escapar a su control. Y eso sólo es el principio.

Puf. MultiCosmos me gustaba más cuando sólo era un juego. La cosa se ha puesto muy chunga últimamente.

—¿Y Alex? —inquiero.

—Estará bien —dice Enigma sin darle importancia. No

parece demasiado preocupada por mi amiga—. Vayamos a lo importante: ¿has conseguido la llave?

Niego con la cabeza. Me lleva un rato explicarle lo que hemos visto: cuando ya parecía que la teníamos, Nova se la volvió a llevar. La Master no puede ocultar su decepción y rabia.

—No podemos retrasarlo más. ¡La guerra secreta ha estallado! Los Masters han destruido Burocrápolis y es sólo cuestión de tiempo que ataquen en el mundo real. Mis espías en el Cónclave de los Administradores han descubierto que GOdNeSs ha creado un arma más peligrosa que ninguna otra, un Mob capaz de arrasar ciudades enteras.

—¿Peor que EpicFail? —Se me ponen los pelos de punta—. ¡¿Peor todavía que el Pulpo de la galaxia Mori?!

Me he enfrentado a Mobs muy chungos antes de llegar aquí. No puedo imaginar un bicho más peligroso que ellos.

—Algo muuucho peor. Un Mob sin punto débil.

Me pregunto si no habrá todavía una posibilidad de abandonar; de volver a mi vida de antes. Sólo soy un chaval normal. Con obsesión por los gatitos, pero normal.

Visto lo visto, preferiría estar haciendo deberes de matemáticas.

Ni la Menisco da tanto miedo.

Mi videojuego favorito se ha convertido en el mayor peligro para la humanidad.

Y se supone que yo debo detenerlo.

<Disimulador Número Uno>

Cuando salgo de casa con dirección al instituto, observo que mi hermano ha cubierto el jardín con un toldo y ha instalado unas neveras industriales. Está preparando algo gordo. En cuanto al abuelo, está tan distraído leyendo la revista *Bodas Viejunas* que no repara en mi cara de preocupación.

¿Por qué le habrá dado por leer cosas tan raras?

—¡Que pases un buen día! —me dice cuando me voy.

—Gracias, abuelo —le contesto. Sólo tendré que fingir que los Masters no se han adueñado del mundo.

Nada más salir a la calle, un dron con el logo de Multi-Cosmos se pone a seguirme por la acera. Es bastante molesto. Cuando acelero el paso, el dron acelera también. Cuando me paro, se detiene inmediatamente.

—¡¿Quieres dejarme en paz?! —grito, dirigiéndome al aparato.

—¿Me lo dices a mí? —responde una voz robótica por su altavoz—. Sólo estoy paseando por la ciudad.

Y el dron se pone a silbar como si no hubiese roto un plato en su vida.

—¡Sé que me estás siguiendo! —protesto—. Es muy incómodo ir con un dron pisándote los talones... o la cabeza, da igual.

Resignado, continúo andando hasta el instituto. El dron me sigue hasta el interior del edificio y después hasta la clase. Pero, para mi sorpresa, no soy el único que es perseguido por una de esas aeronaves.

La Menisco también tiene que aguantar la desagradable presencia de un dron de MultiCosmos revoloteando alrededor de su cabeza. La anciana tiene cara de malas pulgas.

—Dicen que es por nuestra seguridad —comenta la profesora de mates poco convencida—. Después de las últimas tensiones mundiales, quieren asegurarse de que estamos bien en todo momento.

La Menisco y yo somos dos Cosmics muy poderosos de

la red. Apuesto a que a los Masters no les preocupa nuestra seguridad, sino lo que podamos hacer *contra* ellos.

Sin embargo, los drones no son la última medida adoptada tras la cumbre de las Naciones Unidas. El planeta entero está en alerta por las amenazas cibernéticas y se ha puesto al servicio del «salvador», MultiCosmos. Así que durante el recreo nos visitan unos trabajadores dispuestos a colocar holopulseras a los alumnos que todavía no tienen una. «Es por vuestra seguridad», insisten. Pero cuando se enteran de que mi compañero de clase Tebas ni siquiera está registrado en la web, se lo llevan aparte y lo zarandean.

—Es que a mí me gusta más Pokémon... —se excusa él, lloriqueando.

—Idiota. ¿Crees que Pikachu te salvará de un ataque terrorista? —le pregunta una trabajadora con muy mala uva—. Ahora mismo te registramos en MultiCosmos. Es por tu seguridad.

Dicho y hecho, le coge el brazo derecho a las bravas y le pone una holopulsera que recuerda mucho a un cepo. Tebas ya forma parte de su red, ya está preparado para vigilar a todos y ser vigilado.

Si esto es lo que han hecho los Masters villanos el primer día que controlan el mundo, no quiero ni pensar lo que serán capaces de hacer si logran el control definitivo de la web.

Por suerte, mi holopulsera está hackeada para que no puedan espiarme. Durante el recreo, aprovecho que el pasillo está lleno de alumnos para despistar al dron y consigo encerrarme a solas en el aula de música. Aquí nadie puede escucharme, así que es buen momento para llamar a Alex.

Sin embargo, mi amiga no me responde. Su silencio empieza a preocuparme. Luego llamo a Spoiler, pero tampoco puedo contactar con él. ¿Qué está pasando aquí? Los únicos que dan señales de vida son papá y mamá, que me envían una foto en la que se les ve bailando la conga en la cubierta del barco. No se han enterado de nada.

El dron da conmigo, así que salgo del aula de música y el resto de las horas de clase pasan con más tensión que el cinturón de un luchador de sumo; salgo corriendo del instituto en cuanto suena el timbre. El dron me persigue a toda pastilla por el vecindario, hasta que llego a casa y le doy un portazo en las narices. O en las hélices, mejor dicho. El dron da vueltas mareado hasta que recupera la estabilidad.

—¡Déjame pasar! ¡Es por...!

—Por mi seguridad, ya lo sé. —Pero lo dejo fuera.

Enigma me ha dicho que debo disimular, fingir que estoy del lado de los villanos. Al menos hasta que los derrotemos. Pero me cuesta horrores seguir su consejo.

Me dirijo al desván subiendo los escalones de dos en dos.

Inicio sesión y aparezco en Beta. Enigma no está, así que imagino que se hallará en otro planeta luchando por contener el avance de los enemigos. Amaz∞na y Spoiler tampoco dan señales de vida. Mi único aliado es Ñiñiñi, un Mob que sólo sirve para aspirar. El minimamut me mira con sus ojos de pena para que lo lleve conmigo, pero no me convence.

—Tengo que salvar al mundo, no pasear al perro.

Ñiñiñi da media vuelta y se va, ofendido. Yo pongo rumbo a GossipPlanet, donde perdí la pista de Nova. Tengo que averiguar dónde escondió su llave y acabar con todo esto.

‹El fin del mundo›

La intervención en la cumbre de las Naciones Unidas ha sido un desastre y después las cosas se han complicado todavía más. Celsius, el Administrador Supremo de Multi-Cosmos, ha invitado a la Usuaria Número Uno a conocer a los Masters.

«Invitado» es un modo de hablar, ya que unos tipos con muy malas pulgas y dos metros de altura, miembros de la Brigada de Seguridad de la web, la han rodeado antes de que pueda pedir ayuda. Ni uno solo de los líderes mundiales hace nada por ayudarla; tienen miedo de las consecuencias. Después, la llevan a empujones hasta un coche.

—¡Quitadme las manos de encima! —chilla—. ¡Hay que evitar que MultiCosmos transforme el mundo en una dictadura!

—«Dictadura» es una palabra muy desagradable —dice Celsius a su lado—. Yo prefiero llamarlo «nuevo orden mundial por la paz». Suena mejor, aunque signifique lo mismo.

El coche los lleva hasta el aeropuerto, y allí suben a un avión que despega de Nueva York cuando empieza a nevar. Alex no podrá disfrutar del paisaje blanco de la Gran Manzana. Su única obsesión es pedir ayuda urgente, pero los gorilas le han quitado el móvil.

Pide permiso para usar el baño con la intención de aprovechar el momento para pedir auxilio a escondidas. La chica aprieta el botón de la holopulsera y lanza un mensaje de
ayuda:

A QUIEN ME ESTÉ ESCUCHANDO: ME LLAMO AMAZ∞NA, SOY LA USUARIA NÚMERO UNO Y LOS MASTERS ME HAN SECUESTRADO. PIDO AUXILIO.

No sucede nada.

—¡Socorro! Los Masters han activado su plan de dominación mundial. ¡Necesito vuestra ayuda! Hay que detener
la guerra. Las holopulseras controlan a los líderes mundiales mediante ondas cerebrales. ¡Hay que impedirlo!

Pero por más que intenta enviar el mensaje a sus contactos de la holopulsera, no lo consigue. Alex repite su mensaje de socorro varias veces, sin éxito, hasta que comprende que el Comunicador está bloqueado. Es la primera medida de los Masters para evitar rebeliones.

Alex se apoya en la pared del baño y rompe a llorar. No puede creer que esté todo perdido. Nadie escuchará sus llamadas de socorro.

De pronto, Celsius, alertado por la larga ausencia de la chica, le habla desde el otro lado de la puerta del baño.

—Oh, pobre Amaz∞na. ¿No puedes hablar con tus amiguitos?

No siente ni un poco de lástima por la Cosmic. Está disfrutando de la situación.

—Déjame marchar inmediatamente, Celsius —exige Alex, que abre la puerta del baño y lo mira de frente. Intenta sonar amenazante, así que oculta el miedo que siente en el fondo de su corazón—. No me necesitas para nada.

—Yo no, querida, pero los Masters sí quieren algo de ti. MultiCosmos no se puede permitir que su Usuaria Número Uno hable mal de los fundadores. Tenemos muchos planes por delante.

Alex echa un vistazo por la ventanilla del avión. No tiene ni idea de adónde se dirigen. La ubicación del hogar de los Masters villanos es un misterio desde hace casi una década. Hay teorías de todo tipo: unos dicen que viven en el interior de un volcán inactivo, otros que los Masters tienen un castillo bajo el mar. Alguno jura que los ha visto en medio del desierto del Kilimanjaro. Lo único que Alex tiene claro es que se alejan de Nueva York.

GossipPlanet
Galaxia Yxala9
Modo: Lucha
Cosmics conectados: 140517

<La guerra de los micromundos>

Nada más poner un pie en el GossipPlanet actual, noto que las cosas están chungas. Muy chungas.

Lo primero que me llama la atención es el ruido. Tengo que bajar el volumen de los altavoces porque resuenan gritos y detonaciones. En cuanto mi avatar se materializa en la plaza principal, compruebo que el planeta está en medio de una batalla campal.

Adiós al micromundo para hacer amigos. La plaza está dividida por una barricada, y los Cosmics de uno y otro lado no paran de lanzarse bombas fétidas, pescado podrido y meteoritos de moco.

Así es la guerra en MultiCosmos.

No sé adónde ir cuando noto que una mano tira de mí y me lleva hasta detrás de un muro. Estamos en la parte trasera de Wasap, uno de los establecimientos de la plaza. Saco la espada binaria para defenderme del atacante, pero detengo la mano cuando reconozco el avatar de Sidik4.

Es la Cosmic más famosa del mundo árabe. Nos conocemos desde hace meses, cuando competimos en el Mega Torneo, y nos volvimos a encontrar en la misión Mori. Nunca tuvimos mucho *feeling*, pero pertenece definitivamente

—¿Qué hacías ahí en medio, loco? ¡Es la guerra! Enigma ha organizado un grupo de rebeldes para plantar cara a los villanos de MultiCosmos. Están atacándonos con un ejército de pringosos, la última creación Mob. ¡No podremos aguantar eternamente!

Me fijo en los monstruos que los atacan. Parecen una especie de zombis de moco pringoso que arrasan con todo lo que tocan.

—Tenía que venir a por... —Me muerdo la lengua. Enigma me dijo que guardase el asunto de las Llaves Maestras en secreto, así que improviso—: ¡un zumo de pantone!

La Cosmic egipcia frunce el entrecejo. Se escuchan bombas de fondo.

—¿Me estás diciendo en serio que has venido a un escenario de guerra a por... un zumo?

—Es que está muy rico —me excuso. Si Sidik4 ya pensaba que soy idiota, esto no hará más que confirmarlo. Cómo odio no poder decir la verdad; pero Enigma me pidió que no compartiese nuestra misión secreta con nadie, ni siquiera con los aliados—. Muchas gracias por salvarme ahí fuera.

ERES MUY RARO, DESTROZAPLANETAS. PERO QUE MUY RARO.

Sidik4 pone los ojos en blanco, desenfunda su varita de lucha y vuelve corriendo a la batalla para defender Gossip-Planet del dominio de los malos.

La cosa se está poniendo fea.

Desde detrás del muro de Wasap puedo ver cómo algunos meteoritos de moco caen sobre los rebeldes y eliminan a un par de docenas de Cosmics de golpe. Perderán todos sus Puntos de Experiencia y todos los objetos de su inventario, pero hay en juego algo mucho más importante: la libertad de internet y del mundo real.

Ojalá pudiese unirme a ellos, pero Enigma me ha encomendado mi propia misión. Aprovecho la confusión para activar el descronizador y abrir el anillo de luz al pasado.

Retrocediendo ocho años...

Un minuto después, ya estoy en el punto del pasado donde lo dejé ayer, un día cualquiera del año 2 de la cronología de la web. Lo último que vi fue a Nova recuperando su llave y regresando al Transbordador. Al parecer, iba a buscar una ubicación mejor para esconderla.

Me aparezco en el segundo exacto en el que el Master sube a la nave. Yo me monto un instante después, antes de que se cierren las compuertas y el trasto eche a volar por el espacio.

El Transbordador está casi vacío. En el año 2 ya existían los vehículos privados, así que es normal que el transporte público haya caído en desuso. Sólo un rarito como Nova podría querer utilizarlo.

Nova marca su destino en la pantalla, un planeta llamado GateteLand. Después se pone a mirar por la ventanilla. Faltan tres cuartos de hora para llegar al destino, así que tendré que armarme de paciencia.

—Hola —me saluda una chica a mi lado.

Me vuelvo tan tranquilo y veo a la Cosmic de ayer, la del pelo blanco. Y me quedo tieso sobre el asiento. Se supone que nadie me puede ver en el pasado, pero ella se está dirigiendo a mí como si nada.

—¿Puedes verme?

Mai, como leo que se llama en el nick que flota sobre su avatar, suelta una risita. Ni que hubiese contado un chiste.

—¿Por qué no iba a poder verte? Ah, ¿es que pretendías ser invisible? Porque en ese caso, has utilizado mal el comando.

—Es porque estamos en el pasado. Yo no pertenezco a esta época, por eso no me pueden ver los demás. ¿Qué haces tú aquí?

La Cosmic se encoge de hombros.

—Me gusta pasear por el espacio-tiempo. Llevo bastante tiempo haciéndolo.

—Eso es imposible. Necesitas un descronizador —digo. Al menos eso es lo que me aseguró Enigma.

—Yo puedo hacerlo a mi antojo. Me basta con proponérmelo, cerrar los ojos... y viajo a la época y lugar que deseo. Nací con ese don.

He oído hablar antes de Cosmics con poderes extraños. Algunos pueden atravesar paredes; otros, ponerse nicks con emojis... Técnicamente son *bugs*, errores del sistema.

Pero cuando eres un avatar, tener un error en tu código fuente puede suponer una ventaja. Es la primera vez que veo un Cosmic que puede colarse en el espacio-tiempo como si nada.

Mai tiene unos ojos amarillos muy bonitos. Y parecen sinceros. La vocecita de Amaz∞na resuena en el fondo de mi cabeza: «¡Ten cuidado! ¿Cómo sabes que no es una espía de los Masters? ¡No confíes en nadie!». Pero mi amiga también desconfía de Spoiler, y la realidad es que tampoco ella responde a mis mensajes y ambos me han dejado solo en la misión.

Mai, sin embargo, parece bastante simpática. Es posible que su avatar tenga algún fallo en el sistema que le permita viajar por el espacio-tiempo. En cualquier caso, no parece peligrosa. Pero tengo que averiguarlo. Estamos en una guerra a vida o muerte.

—¿Eres mala? —pregunto sin tapujos. A mí no me las dan con queso.

—Sólo cuando juego al multicromos —responde con una sonrisa sincera.

Poco a poco se va ganando mi confianza. También le gustan los gatitos, sabe cómo activar el comando de la croqueta y es superfán de ElMorenus.

—Mi vídeo favorito es ese en que un cangrejo le muerde el culo en la playa. —dice.

—¡El mío también!

Amaz∞na siempre dice que ese vídeo es una tontería. ¡Mai mola un montón!

El resto del viaje lo pasamos charlando y bromeando como si nos conociésemos de toda la vida.

Casi sin darnos cuenta, llegamos a nuestro destino. Por primera vez en mucho tiempo he conseguido olvidarme de la guerra que se libra en el mundo virtual y en el real.

<El hogar secreto de los Masters>

El avión sobrevuela el océano durante un buen rato, y después cruza el continente sudamericano de norte a sur. Alex no logra adivinar adónde se dirigen.

A tres asientos de distancia, Celsius empalma una conversación con otra mediante la holopulsera (por lo visto, él sí puede seguir usando el Comunicador). Se está organizando una guerra.

—La primera ministra del Reino Unido está a nuestro servicio: conocemos todos sus secretos. En cuanto al presidente ruso, lo controlamos gracias a una radiofrecuencia de la holopulsera. Es un títere al servicio de los Masters.

Alex se tensa en el asiento. El asunto es mucho más grave de lo que sospechaba. El hecho de que Celsius hable con tanta facilidad delante de ella le hace temer que sus posibilidades de escapar sean nulas. Traga saliva.

Durante el resto del viaje, Alex se entera de muchas cosas más: las Naciones Unidas se han rendido a MultiCosmos, más de cien países se han puesto al servicio de los Masters e internet ya no es un lugar libre. Han prohibido la libertad de expresión y los vídeos de gatitos.

A pesar de que el televisor del avión no tiene sonido,

Alex lee en los subtítulos algunas de las leyes que regirán a partir de medianoche:

La torre Eiffel será una antena de control de holopulseras.
China pondrá holopulseras a los recién nacidos.
El emoji de la flamenca se eliminará. Es un símbolo rebelde.

Es el fin del mundo libre. Con las ondas cerebrales de las holopulseras, los Masters podrán controlar a todo el mundo como marionetas.

Acurrucada en el asiento del avión rumbo a lo desconocido, Alex llora en silencio por lo que se avecina hasta que la vence el sueño. Consigue dormir durante unas horas y se despierta cuando el avión está aterrizando en una pista nevada. La chica mira por la ventanilla y no ve ni una sola edificación. Están en medio de la nada.

El Administrador Supremo se pone en pie y le ofrece la mano para ayudarla a levantarse. Alex la rechaza, orgullosa. Piensa resistir hasta el final.

—Deberías estar feliz —le dice Celsius—. Vas a conocer a los Masters.

Un todoterreno los recoge al final de la escalerilla del avión. Hace un frío de muerte. El sol está congelado en el horizonte, como si se tratase de un ocaso permanente.

Alex está intentando adivinar en qué lugar del globo se encuentran, cuando un sonido animal la saca de su ensimismamiento. Se vuelve y descubre una cría de foca mirándola. Se queda de piedra. Porque eso significaba que han llegado a...

—Bienvenida a la Antártida, el continente de hielo —anuncia Celsius, que disfruta con la reacción de la joven. Le arroja un pesado abrigo de piel para que se cubra. La chica prefiere no pensar con qué animal lo han fabricado, de lo contrario, moriría de frío.

Celsius, Alex y tres miembros de la Brigada de Seguridad suben al vehículo, que se pone en marcha enseguida. La Usuaria Número Uno no lo puede creer: ¿los Masters viven en el Polo Sur? Pero ¡si la Antártida es un desierto inhóspito y helado! ¿Quién querría instalarse aquí, pudiendo vivir en las mejores ciudades del mundo?

Y Alex lo comprende por fin: la Antártida está fuera de los dominios de los países. Aquí pueden actuar sin depender de ningún Estado. Tampoco los podrían atacar. Pensándolo bien, es la base perfecta desde la que organizar una guerra para apropiarse del resto del mundo.

El viaje en el todoterreno dura más de una hora. Fuera donde fuese que viven los Masters, está aislado de la humanidad. Alex empieza a impacientarse, así que se entretiene dando golpes a su holopulsera con la esperanza de que se active el Comunicador. De repente, el vehículo se detiene frente a una montaña de hielo.

Un pingüino los mira sin moverse ni un milímetro de su sitio. El Administrador Supremo se dirige a él, gira el pico para activar una palanca y una puerta secreta se abre en la montaña.

—Bienvenida a la guarida secreta de los Masters.

Alex es la primera en entrar.

Lo que descubre al otro lado de la roca es el espectáculo más increíble que ha visto jamás, tanto en el mundo real como en el virtual. Si se lo hubiesen contado, jamás lo habría creído.

El interior de la montaña de hielo es un palacio de cristal, tan grande que podrían construirse veinte estadios de fútbol en su interior. La construcción es un prodigio de la arquitectura, decorada con las mejores obras de arte y tan calentita por dentro que parece imposible que esté enclavada en medio de la Antártida.

Un mayordomo con el emblema de MultiCosmos en el bolsillo la ayuda a quitarse el abrigo. Otra criada le ofrece

un caldo para entrar en calor, pero Celsius lo rechaza por ella y se lleva a la chica a través de varios pasillos, decorados con estatuas griegas y cuadros valiosísimos.

Alex se fija mejor: esas obras de arte no son clásicas. Están inspiradas en personajes y momentos históricos de MultiCosmos. Hay una escultura de la caída de Qwfkrjfjjrj%r, un cuadro de la Batalla del Avatar Tuerto, una reliquia del Monstruo del Espagueti Volador... Es un museo del mundo virtual.

Una escalera de caracol los lleva hasta una sala de cinco paredes. Cada una tiene una puerta diferente.

—Pórtate bien. Los Masters vendrán enseguida —le dice Celsius. El Administrador Supremo baja la escalera y la deja allí.

Alex agradece perderlo de vista. Si no estuviese tan asustada, disfrutaría de la decoración. La sala está repleta de artículos extrañísimos, desde cosmonedas de oro hasta prototipos descartados de holopulseras. Se queda mirando un mapamundi, donde alguien ha clavado un puñado de chinchetas rojas. La chica se percata de que prácticamente todos los territorios tienen su marca.

—Ésos son los países que ya están bajo nuestro dominio —dice una voz grave—. Sólo nos faltan Vietnam y Suazilandia, pero caerán en cuanto cambien las pilas de la holopulsera.

Alex no se deja impresionar y se vuelve lentamente.

A sólo cinco pasos de distancia la contempla un esbelto cuarentón de cabello cano y expresión amable. Aunque en el mundo real no hay nicks sobre las cabezas de los avatares, Alex no lo necesita para saber que es el mismísimo Mr Rods, uno de los cinco Masters de MultiCosmos. Viste como un lord inglés.

Inmediatamente después se abren otras dos puertas de la sala. Por una sale un hombre bajito y calvo, con una nariz como un pepino, que tiene que ser Mc_Ends. La tercera es una mujer muy guapa, con aspecto de diosa griega, que identifica como GOdNeSs. El cuarto Master está muerto y la quinta se ha enfrentado a ellos, así que no esperan la visita de nadie más.

—Bienvenida a nuestro hogar, princesita —la saluda GOdNeSs. Su voz suena como una nana infantil, pero Alex no baja la guardia—. Estábamos deseando conocerte.

—Eres un orgullo para nosotros, Amaz∞na —continúa

Mr Rods, sentado en el brazo de un sillón de cuero—. Te agradecemos que hayas aceptado nuestra invitación.

Alex suelta un bufido.

—¿Invitación? Yo lo llamaría «secuestro». ¿Con qué derecho me metéis en un avión y me traéis hasta aquí? ¡Quiero hablar con mis madres!

—Todo a su debido tiempo. —GOdNeSs le pasa una mano por el hombro para tranquilizarla, pero Alex se sacude—. El mundo está un poco convulso desde ayer. ¿Dónde vas a estar más segura que aquí, lejos de cualquier peligro?

—¡El peligro sois *vosotros*, los Masters! ¡Os habéis propuesto controlar el mundo!

Mr Rods niega con la cabeza. Parece decepcionado por la acusación.

—Nosotros sólo queremos lo mejor para la humanidad. Todas las medidas de seguridad son por vuestro bien. Pero controlar el mundo no será tan fácil: ya sabes que tenemos una... tarea pendiente.

La chica no sabe a qué se refieren. Sólo quiere que la dejen marchar.

—No te hagas la ingenua —dice GOdNeSs de malas formas, cambiando radicalmente su tono de voz—. Sabes que no podemos controlar el cien por cien de MultiCosmos sin las otras Llaves Maestras.

Alex se pone en tensión. Todavía queda un atisbo de esperanza. Los Masters necesitan las Llaves de Enigma tanto como Enigma necesita las de ellos.

—Yo no las tengo. Perdéis el tiempo conmigo.

—Ya sabemos que no las tienes, pero eres muy útil aquí: nos servirás de propaganda para sumar a más gente a nuestra causa. Además, contigo dentro, los rebeldes lo pensarán dos veces antes de atacarnos. Resultas más útil viva que muerta. —Mr Rods muestra una sonrisa que pone los pelos de punta—. Esa loca de Enigma tiene más recursos de los que pensábamos. Además de su llave, se ha hecho con la del tonto de Mc_Ends.

Alex contiene la emoción. Si su amigo y Enigma están luchando por hacerse con las llaves de los otros, todavía hay una esperanza.

El Master con nariz de pepino agacha la cabeza, avergonzado. Alex nota el desprecio con el que lo miran los otros dos.

—Fue un error. Yo no esperaba que...

—Tú nunca esperas nada, idiota —le corta Mr Rods con desprecio—. Por eso Enigma te robó la llave.

Mc_Ends se va a un rincón de la habitación. Si no estuviese tan furiosa por haber sido secuestrada, Alex habría sentido compasión por él.

—Haya paz —los tranquiliza G0dNeSs—. Sólo necesitamos un poco de tiempo para hacernos con las cinco Llaves Maestras, incluyendo la de Nova.

Alex presta atención, nerviosa. Sabe que esos objetos son lo único que les falta a los Masters para tener el control total.

—No lo conseguiréis. Os venceremos.

—Me temo que no tenéis ninguna posibilidad, princesita —dice G0dNeSs. Los Masters ya están saliendo de la habitación, cada uno por una puerta diferente. La diosa se queda un segundo más con ella antes de desaparecer—: Hay un traidor entre vosotros, y cuando llegue el momento, nos pondrá las llaves en bandeja.

Y entonces la Master le revela su secreto para destruir a los rebeldes, y especialmente, a su mejor amigo.

GateteLand
Galaxia MEME
Modo: social
Cosmics conectados: 518

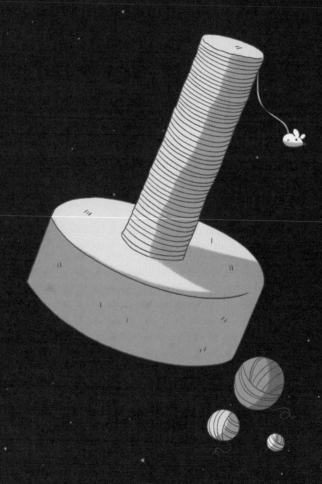

El viaje en Transbordador se me pasa volando mientras voy charlando con Mai. Cuando llegamos al planeta de destino, GateteLand, tengo que recordarme qué he venido a hacer aquí: averiguar dónde escondió Nova su Llave Maestra.

Me doy prisa para bajar antes de que cierren las puertas del Transbordador. Mai hace lo mismo.

—¿Adónde vas? —me pregunta con una sonrisa.

Por una milésima de segundo me pregunto qué hacer: ¿me invento cualquier excusa para deshacerme de ella o le digo la verdad? Enigma me advirtió que nadie más podía saber de nuestra misión, pero Mai parece la Cosmic más inocente del universo virtual. Bueno, siempre puedo decir una mentira a medias, que es una mediaverdad.

—Tengo que perseguir a este tío. —Señalo al Master rarito, que va directo a la Puerta de Brrrrrr. No le digo ni una palabra de la Llave Maestra ni de la guerra contra los Masters; no hace falta—. ¿Quieres acompañarme?

Mai se pasa los dedos por el flequillo blanco, y tengo que reconocer que me gusta un poco.

Sólo un poco.

—Nunca he visitado este planeta, así que puede estar bien. —Me dedica una sonrisa—. ¡Será divertido!

Echo un vistazo a la página que WikiCosmos dedica a GateteLand. Y ME PREGUNTO POR QUÉ NO HE VENIDO AQUÍ ANTES.

GateteLand es un país habitado únicamente por gatitos, gatetes y gatos (clasificados en orden de mayor a menor grado de adorabilidad). Cuenta con más de diez millones de felinos y, según la enciclopedia virtual, es el origen de todos los vídeos y gifs de gatitos. Al parecer, un problema de sanidad obligó a clausurar el planeta cuando los gatos ya eran una plaga de memes.

Es el paraíso.

—¡Ay, gatito gatito! ¡Gatetes! ¡Gatitos! Qué monos sois. Monos gatitos, quiero decir. No es que seáis simios, entendedme. ¡Gatitooos!

Se me cae la baba contemplándolos. Hasta que reparo en que Mai me está mirando como si me faltase un tornillo.

—Es que me gustan mucho los gatitos —me justifico, un poco avergonzado.

—Tu amigo se ha ido por ahí —dice ella. Menos mal que uno de los dos (y no era yo) estaba vigilando a Nova.

De pronto, comprendo que el Master se ha transformado en un gato. ¡Malditos superpoderes!

—No podemos dejar que Nova se escape. ¡Tenemos que encontrarlo!

—¿Cómo es? —pregunta Mai.

—Pues... como un gato.

Delante de nosotros hay cientos de ellos.

—Tendrás que ser un poco más preciso —señala Mai—. ¿Cómo es ese gato?

Hago memoria. El gato en que se transforma Nova tiene la oreja mordida.

Encuentra a Nova entre estos gatetes:

—¡Lo encontré! —grito—. ¡Ahí está!

El gato Nova aprovecha su cuerpo felino para pasear entre los gatos como si nada. A Mai y a mí, sin embargo, nos asaltan como si fuésemos ratones.

—¡¿No se supone que nadie nos puede ver en las copias

de seguridad del pasado?! —pregunto después de que me den el quinto zarpazo.

—Los gatos tienen una sensibilidad especial para los fantasmas —explica Mai, que esquiva una bola de pelo—. ¡Ten cuidado de no alterarlos demasiado!

Si los tocamos, alteraremos el espacio-tiempo. Un lío pardo, en resumen.

Finalmente, el Master vuelve a la Puerta principal.

—¿Le has visto dejar una llave por algún sitio? —digo.

—No. Parece que solamente estaba... paseando.

Efectivamente, Nova tampoco ha escondido su llave en GateteLand. Solamente ha venido a pasearse entre colegas gatunos.

Tenemos que darnos prisa para subir al Transbordador antes de que se escape otra vez.

Nova marca su nuevo destino en el transporte público: el planeta PlacaPlaca. El Master se acomoda para el viaje.

—¡OMG! PlacaPlaca es el planeta de lucha más flipante de la historia de MultiCosmos. —He leído su página un montón de veces en la *Guía Imprescindible*—. Era tan violento que los Cosmics tenían que llevarse un repuesto de su cabeza por si las moscas. Lo clausuraron hace cinco años.

Cuando llegamos, Nova se dedica a observar batallas épicas como espectador, pero no hace ni un amago de esconder su llave. Mai y yo no perdemos detalle.

—¿A qué esperamos? —pregunta mi nueva amiga.

—Ya lo verás.

Pero ni yo mismo estoy seguro de mi plan.

Cuando Nova se cansa del planeta PlacaPlaca, sube al Transbordador con rumbo a MillenialWorld. Ahí visita un bar de la época; después viaja a Aquamón, VampirVille y Gigaplanet, pero en ningún sitio esconde la llave.

—Solamente está paseando por el espacio-tiempo —comprendo—. Está revisitando planetas antiguos que ya no existían en su época.

Mai asiente. A los dos nos duelen los pies después de tanta caminata. Nova nos ha hecho perder el tiempo.

Pero cuando creo que ya no hay nada más que hacer, Nova saca una esfera del bolsillo. Es un descronizador.

Arroja el objeto al suelo y abre un círculo de luz. Agarro a Mai y nos colamos con él en la máquina del tiempo.

¿Adónde irá Nova ahora?

Planeta Brrrrrr
Galaxia Nature
Modo: Caza
Cosmics conectados: 23

<Ataque en MultiCosmos>

El descronizador de Nova nos traslada al año 4 de Multi-Cosmos, que es a su vez su presente. El Master se ha dejado de viajes en el tiempo, pero estoy seguro de que no le he visto esconder la llave en ningún planeta.

—Estate alerta —le digo a Mai—. Siento que se nos ha escapado algo.

El planeta en el que nos encontramos ahora se llama Brrrrrr. Echo un rápido vistazo a WikiCosmos y leo:

Brrrrrr era un planeta helado y salvaje muy despoblado. Antes de ser destruido, el micromundo vivió un intento de robo, cuando un cibercriminal atacó a Nova. Afortunadamente, el Master salió airoso.

Un cibercriminal. Tendremos que estar muy atentos.

En cuanto entramos en Brrrrrr, se nos congela hasta la barra vital.

La holopulsera me avisa del riesgo de congelamiento para que active la calefacción del traje de mi avatar. Mai saca una capa de lava de su inventario. Una vez estamos listos para internarnos en el planeta de hielo, echamos un vistazo alrededor.

Para ser sincero, Brrrrr no parece el lugar más acogedor del mundo.

No hay nada más que nieve y montañas.

El Master emprende el camino, así que tenemos que darnos prisa para no quedarnos atrás. Vamos pisando sobre sus huellas en la nieve para no alterar el pasado. Menos mal que Nova calza el número 44 de pie.

—¿Qué hará ese tío en un sitio como éste? —se pregunta Mai a mi lado. Por un momento reparo en que no se ha referido a él como un Master. ¿Es posible que exista un Cosmic que no conozca a los cinco fundadores de Multi-Cosmos? Pero si no sabe quiénes son, no seré yo quien se lo diga. Me juego demasiado en esta misión.

—Ha venido a dejarme un regalo. Aunque él todavía no lo sabe.

Nova ha venido a esconder su Llave Maestra a este planeta perdido. ¿A qué habría venido si no?

El Master toma los caminos más raros de Brrrrr mientras Mai y yo lo seguimos con la lengua fuera. Este planeta es una prueba de resistencia para los Cosmics más temerarios.

Nunca había visitado un planeta tan duro. Ni tampoco lo había disfrutado tanto. Hasta veo un gatito de hielo, un tipo de Mob que no había visto nunca.

—¡Cuchi cuchi! —le digo. Corro a acariciarlo, pero el felino ni se inmuta. Normal: pertenece a otra época.

Entonces hay una vibración en el ambiente. Creo que he alterado el espacio-tiempo con la caricia.

—Ups.

Me separo lentamente del gatito, no sea que empeore la cosa. Además, no podemos perder de vista al Master. ¡No ha parado de caminar en un buen rato!

Parece que Nova no va a dejar nunca de andar, hasta que llega a lo alto de una montaña nevada, donde hay una humilde cabaña.

Mai y yo nos miramos intrigados.

—¿Quién vivirá ahí? —pregunta.

Es el Master rarito: cien por cien imprevisible.

Seguimos a Nova hasta el interior de la choza. Por dentro es más acogedora de lo que puede parecer vista desde el exterior. Echo un vistazo a las fotos que hay sobre la repisa de la chimenea.

Y ato cabos: Nova no vivía en un planeta privado de la galaxia Madre, junto con el resto de los Masters.

Nova vive aquí.

—Está en su casa —susurro mientras lo vemos sentarse en un sillón a leer—. ¡Ja! Prefirió instalarse en un planeta público del extrarradio. ¿No es fabuloso?

—¿Fabuloso? Es más bien frío —dice Mai, pragmática.

Un planeta perdido no parece un mal sitio para esconder una Llave Maestra. Sin embargo, no la veo por ningún lado. ¿Seguirá guardándola en el inventario?

De pronto, oímos un ruido fuera de la cabaña. Nova

también lo ha oído y se levanta de la butaca para averiguar de qué se trata.

—¿Hay alguien ahí? —pregunta. Mai y yo nos cruzamos la mirada intrigados. Seguimos al Master hasta fuera de la cabaña—. ¿Hola?

Fuera no hay nada más que nieve y ventisca. Nova parece desconcertado; está seguro de haber oído un ruido. Pero no se ve a nadie en cien megapíxeles a la redonda.

Nova se dispone a volver al calor de la cabaña cuando un avatar sale de pronto de la nieve. Da un salto ninja y cae sobre el Master, dispuesto a atacarlo.

Pero el Master no se queda atrás, y lo repele con un comando de escudo de fuerza.

El otro le dispara unas estrellas ninja. Algunas se clavan en la toga de Nova, que se pone tan furioso que ataca con un soplido de tornado que arroja al extraño al suelo.

—¿Qué está pasando aquí? —pregunta Mai, que no entiende nada.

Cuando el atacante se reincorpora, lo miro fijamente a la cara.

Y me quedo más helado que el suelo bajo mis pies.

Porque este Cosmic no es otro que Spoiler, mi mejor amigo. El cibercriminal que ha atacado a Nova. El delincuente que mencionaba WikiCosmos.

El Master se quita las estrellas ninja de la toga y activa un comando para inmovilizar a Spoiler.

—¿Qué te proponías, delincuente? —lo interroga Nova—. Porque si has venido a robarme la Llave Maestra, te advierto que ya la he escondido en un sitio más seguro.

Por la cara de decepción que pone mi amigo, eso es justo lo que quería hacer.

¡¿Cuándo ha escondido la llave, si no le hemos perdido de vista?! Tengo que usar un comando de enfriamiento cerebral para no explotar ahora mismo.

—¿Te pasa algo? —se interesa Mai—. Estás muy raro.

Spoiler no es quien dice ser. Porque si mi amigo dijese la verdad, llevaría pañales en el momento en que se produjo esta conversación.

Nova se da media vuelta enfadado. El ninja granate se queda clavado en su sitio, no menos furioso. Apenas puedo reconocer a mi amigo, aunque su avatar sea exactamente el mismo.

Spoiler no es mi amigo. Spoiler es un cibercriminal que intentó robar la llave de Nova primero, y más tarde se propuso espiarme a mí. ¡Amaz∞na tenía razón! Nos ha estado engañando durante todo este tiempo.

Pero mi amigo, en su versión del pasado, todavía no ha acabado. Cuando el Master está llamando a un Moderador para que venga a llevarse a Spoiler a la ciberprisión, susurra:

—No me subestimes, Nova. Tengo la clave para cambiar el destino de la red para siempre. Quizá sea mañana, quizá dentro de diez años... pero un día, si falláis, acabaré con MultiCosmos.

Una palabra viene de pronto a mi cabeza. Y me siento el Cosmic más idiota del mundo: «Traidor».

‹Una puerta que se abre›

Alex todavía no puede asimilar lo que GOdNeSs le ha revelado. La traición flota sobre su amigo, pero no tiene modo de advertirle. El Comunicador está bloqueado.

Un miembro de la Brigada de Seguridad del tamaño de una nevera industrial se lleva a Alex de muy malas formas y la mete en una lujosa habitación con una cama con dosel, un armario de dos puertas y un escritorio, donde le han dejado el discurso de rendición que se supone que debe dirigir a los rebeldes. Alex lo arruga y lo lanza a la papelera en el acto.

No, no se deja engañar: esta habitación es su prisión. El gorila se marcha después de cerrar la puerta con una veintena de pestillos y llaves.

Alex usa la holopulsera para pedir auxilio por última vez, pero el Comunicador sigue sin funcionar; de nada sirve golpearlo contra la pared. Lamenta su viaje-trampa a Nueva York. ¿Cómo ha sido tan ilusa? ¿Cómo pudo pensar que haciendo un discursito iba a cambiar el mundo? Su plan estaba destinado al fracaso desde el principio. Los Masters sólo querían utilizarla en su provecho, valerse de su influencia para manipular su discurso y lograr que los países se pusiesen definitivamente a su servicio. El mundo no volverá a ser el mismo y ella se culpa por haberlos ayudado a conseguir el poder.

Si encima la utilizan como moneda de cambio... no se lo perdonará jamás. Pero sus posibilidades de huir son remotas. Además, ¿qué opciones tienen de hacerse con las llaves restantes? Seguro que GOdNeSs y Mr Rods las tienen a buen recaudo. No cometerán el mismo error que Mc_Ends.

Ella tampoco piensa quedarse con los brazos cruzados. La ventana de la habitación tiene unas bonitas vistas a la Antártida, pero también a su preciada libertad. Observa el cristal de cerca y calcula que mide unos diez centímetros de grosor. No será fácil de romper.

Pero tampoco ella es de las que se rinden.

Agarra la lujosa silla del escritorio y la arroja contra la ventana con todas sus fuerzas. Golpea con tanto ímpetu que la madera se hace añicos contra el cristal. El mueble queda inservible.

—De todos modos no pensaba usarla —murmura.

Después de muchos esfuerzos, arranca una madera de la cama de dosel y la estrella contra la ventana como si fuese un bate de béisbol.

La madera salta por los aires. Tampoco funciona.

Por último, mueve la mesa de su sitio. Se coloca a dos metros de la ventana, coge carrerilla y arrastra el mueble por el suelo para estrellarlo contra el cristal.

Alex se estampa junto con la mesa y se hace daño hasta en las orejas, pero la ventana no sufre ni un rasguño.

Derrotada, Alex se deja caer en lo que queda de cama. Siente una mezcla de pena y rabia por la situación.

«No pierdas la esperanza», se dice. Pero le cuesta convencerse a sí misma.

Lleva un rato acurrucada cuando oye que se abre la puerta. Se queda quieta esperando la entrada de alguien, quizá un Master para exigirle que grabe un mensaje de rendición para los rebeldes, pero no ocurre nada.

Extrañada, Alex se acerca hasta la puerta y sale al pasillo. Quienquiera que haya quitado los pestillos de su celda se ha esfumado más rápido que una oferta del planeta Gualapop.

Sin pensarlo dos veces, Alex abandona la habitación.

‹Caos en Caos›

Spoiler siente un martilleo constante en la cabeza de su avatar. Bebería una poción reponedora si no fuese porque está inmovilizado. Además, no ve nada.

El Cosmic ha despertado hace cinco minutos. Lo último que vio en la pantalla de su ordenador antes de caer inconsciente fueron dos avatares perrunos llamados K@l y Aren@ que se lanzaron sobre él. Spoiler había ido hasta Caos, en los confines de MultiCosmos, atraído por una invitación de cuenta PRO. Ahora sabe que se trataba de una trampa. Y, para colmo, lo acusan de algo que no tiene ni idea de lo que es.

Se oyen gritos lejanos. Poco a poco, empieza a recuperar la visión y se ve a sí mismo atado en una habitación. La holopulsera le confirma que sigue en Bahía Pirata, la capital de Caos. Unos segundos después reconoce a sus captores, que rodean la camilla donde él yace.

—Por fin despiertas, impostor —dice K@l, con su voz masculina.

—Esperamos que el golpe en la cabeza te haya servido para recuperar la memoria —añade Aren@, que tiene voz de chica.

Se oyen más gritos fuera de la habitación. Spoiler ya conoce las redadas para cazar forajidos en Caos, pero aquello parece otra cosa. Los dos captores miran nerviosamente hacia las ventanas, como si pudiesen venir a por ellos en cualquier momento.

—No sé qué queréis de mí. Yo no os conozco de nada.

—¿Estás seguro?

Los dos Cosmics perrunos intercambian miradas. Después K@l activa una proyección en su holopulsera.

Spoiler no tiene ningún interés en ver una película en estas circunstancias, pero enseguida empieza a prestar atención. Porque en ese vídeo no sólo aparecen K@l y Aren@, visiblemente más jóvenes. También está... él.

El nick y su uniforme de ninja son inconfundibles. Las imágenes no mienten: Spoiler y los otros dos Cosmics divirtiéndose en la versión beta de la web; Spoiler y los otros dos Cosmics luchando en la Guerra de los Cien Píxeles; Spoiler y los otros dos Cosmics tomando un potaje de java en el bar de Ona.

Spoiler no lo puede creer, porque él *no* es ese Spoiler.

Entonces ¿quién es? ¿Y quiénes son sus dos captores?

—No conozco al Cosmic que me ha suplantado, pero os aseguro que os ha engañado —dice muy seguro de sí mismo—. Si tuviese un doble, lo sabría. Llevo tres años jugando a MultiCosmos.

El caniche gruñe a Spoiler. El ninja se encoge en la camilla.

—El impostor eres tú: conocemos al auténtico Spoiler desde hace una década, cuando nació la web. Fue nuestro compañero de partidas durante seis años, hasta que desapareció. Y un tiempo después, ¡tachán! Apareciste tú, el usurpador.

—¡Yo no soy ningún usurpador, tron! —protesta Spoiler—. Y deja de echarme ese aliento perruno. ¿Has probado los caramelos de menta?

—Por supuesto que eres un impostor —insiste el otro Cosmic—. Si no, ¿quién eres?

Spoiler vuelve a mirar las imágenes del holograma. Lo que ve no deja lugar a dudas: se trata de su avatar. Pero en los orígenes de MultiCosmos no tenía edad de conectarse. No lo hizo hasta mucho tiempo después, cuando...

El chico, de pronto, ata cabos. Claro, ahí está la explicación, el motivo del malentendido.

¿Cómo no ha caído antes?

—El Cosmic que conocéis era mi padre —dice con tristeza. Los otros dos se agitan incómodos—. Murió hace cuatro años. Por deseo de él, yo heredé su avatar.

Se hace un silencio incómodo. Spoiler piensa que van a acabar con él, pero en su lugar, Aren@ le afloja las cuerdas y lo libera.

—Qué tontos hemos sido —se excusa—. Hemos estado a punto de eliminar al hijo de Spoiler.

El ninja estira sus miembros. Eso de estar atado de la cabeza a los pies es bastante incómodo.

—Un día, sin previo aviso, nuestro amigo Spoiler desapareció de internet. Estuvo años sin conectarse.

—Desde que él murió hasta que yo recuperé su cuenta —deduce el chico.

—Hemos estado buscándolo durante todo este tiempo,

y cuando el verano pasado te vimos competir en el Mega Torneo, supimos que algo iba mal. Pensábamos que los malos habían suplantado a tu padre.

Spoiler sonríe. Le hace gracia la idea de ser un espía de los Masters. Pero todavía no han respondido a todas sus preguntas.

—¿Por qué os tomasteis tantas molestias en contactar conmigo?

—Somos rebeldes. Tu padre fue uno de los primeros en advertir de los abusos de los Masters. Antes de desaparecer, nos dijo que tenía la clave para derrocar a los Masters si las cosas se ponían feas. Ahora que la guerra es una realidad, te necesitamos para detener el desastre.

—¿Mi padre dijo eso? —Spoiler usa un comando de celebración—. ¡Qué flipe! Y yo que pensaba que sólo le interesaban los animales de la sabana.

Fuera se acrecientan los gritos.

—¿Qué está pasando aquí? ¿Son los Moderadores?

K@l niega con la cabeza.

—Más vale que sepas luchar tan bien como tu padre. Los Masters han lanzado contra nosotros su última creación Mob, y créeme si te digo que es lo más peligroso a lo que nos hemos enfrentado nunca. MultiCosmos está en guerra.

Spoiler saca su pistola de bolas. K@l y Aren@ sueltan una risita.

—¿Qué os hace gracia? ¡No iba a hacerlo todo igual que mi padre! Ésta es el arma que mejor se me da.

K@l echa un vistazo por la ventana.

—La galaxia de Caos tiene las horas contadas. Los Masters saben que aquí se refugian miles de rebeldes y quieren masacrarnos.

Huir no será tan sencillo: la Puerta estará severamente vigilada y Spoiler no dispone de ningún vehículo privado.

—Un colega hacker está a punto de partir hacia un planeta seguro de MultiCosmos —dice Aren@—. Nos ha hecho un hueco en su nave... siempre y cuando podamos llegar a tiempo.

La ventana de la habitación se viene abajo y una masa uniforme cae en el interior. Los tres Cosmics retroceden, precavidos. El monstruo parece un moco gigante. Levanta la cabeza y los mira.

—¿Qué repíxeles es esto? —pregunta Spoiler. Nunca había visto un Mob parecido.

—Es un pringoso: la última creación de los Masters.

El monstruo salta sobre Spoiler, pero éste se hace a un lado a tiempo y el Mob se queda pegado en la pared. Es pegajoso y repugnante.

Otro pringoso entra en la habitación y se abalanza sobre Aren@. Ésta no tiene tantos reflejos y queda pegada al Mob, que se extiende poco a poco sobre su cuerpo como una enfermedad.

—¡Corred! —chilla a Spoiler y a K@l.

Pero el Cosmic perruno no piensa dejar atrás a su hermana. Intenta tirar de ella, pero el Mob la tiene completamente atrapada. Tampoco consigue hacerlo retroceder a latigazos. La barra vital de Aren@ pierde un ♥ a cada segundo que pasa, hasta que se queda a cero.

—Oh, no —susurra Spoiler.

Aren@ debería desaparecer con un cartel de ELIMINADA, pero el avatar se queda petrificado y sin color. K@l suelta un grito de desesperación. Aquel final es peor que morir.

En cuestión de segundos, Aren@ se ha metamorfoseado en un pringoso más.

—¡No! —chilla K@l. Intenta recuperarla, pero no queda ni rastro de su hermana. La antigua Cosmic se ha convertido en un Mob.

Spoiler siente pánico: los Masters han creado un monstruo sin precedentes. Un monstruo capaz de transformar a sus víctimas en monstruos también.

El pringoso que antes fue Aren@ salta contra K@l. Se lo habría tragado si no llega a ser porque Spoiler dispara una bola a tiempo. El Cosmic lo mira asustado.

—Ya no es Aren@, tron. Ahora es un Mob despiadado. Tenemos que salir de aquí ya o acabaremos igual que ella.

K@l comprende al fin que no tienen nada que hacer. Los dos Cosmics se dirigen al extremo opuesto de la habitación, rompen una ventana y huyen.

La persecución continúa por los tejados de Bahía Pirata, con los pringosos cada vez más cerca. La batalla también se desarrolla en la calle, y los Mobs cada vez son más, porque las víctimas se suman a su bando. Es un espectáculo horripilante.

Para empeorar las cosas, su madre no deja de interrumpir la partida para decirle que quite la mesa en el mundo real.

—¡Estoy en una misión a vida o muerte, mamá! —grita desde el teclado.

—Y yo me estoy peleando con unos chimpancés que quieren llevarse la vinagreta. ¡No me expliques cuentos!

Fantasea con apagar el ordenador y olvidarse de la guerra de MultiCosmos. Es su cumpleaños y su madre lo está esperando en la cocina con un pastel, pero en lugar de ir a celebrarlo tiene que huir de unos monstruos como si fuese un gallina.

—¿No hay nada que podamos hacer? —pregunta Spoiler mientras sigue a K@l. Los Mobs les pisan los talones.

—Huir. Estos Mobs son invencibles.

K@l salta del tejado a un cruce de caminos y se cuela por la puerta de una hackerrería. A Spoiler le da un vuelco el corazón: ya ha estado aquí en el pasado.

En el pasado de verdad, no en el del anterior Spoiler.

Todavía no puede creer que su padre haya hecho cosas tan molonas en MultiCosmos. Pero no tiene tiempo para pensar en ello.

K@l cierra la puerta en cuanto los dos están dentro. Un pringoso se estrella contra el cristal y da media vuelta, frustrado. Parece un zombi errante. Es cuestión de tiempo que regrese con refuerzos para tirar abajo la entrada.

—Vaya, vaya, vaya. Si tenemos al escudero del Destrozaplanetas... —Aunque odie ese mote, Spoiler se alegra de ver al hacker Anonymous. Les puede salvar la vida—. ¿Dónde está Aren@?

K@l niega con la cabeza, confirmando sus peores temores. Fuera, los pringosos están a punto de tirar abajo la pared. Los rebeldes deben darse prisa.

—Estos Mobs de última generación quieren darnos un abrazo mortal, tron —dice Spoiler—. Espero que tu nave esté cerca.

—Ya estás dentro de ella, chaval.

Anonymous tira de una anilla que cuelga del techo, se encienden los motores y la hackerrería entera sale disparada hacia el espacio.

Los pringosos tendrán que esperar para transformarlos.

<MultiCosmos es todo>

Spoiler nos ha traicionado. Ni siquiera es un chaval de mi edad. Quiero destruirlo.

—Yo me vuelvo a mi planeta —digo furioso—. No quiero saber nada más de esta guerra.

Mai me hace una señal para que mire atrás.

—¿Puedes esperar un segundo? Tenemos visita.

Unos bichos con pinta de mocos gigantes han aparecido de la nada. Primero pienso que pertenecen a la escena que estamos viendo del pasado, pero cuando pasan al lado de Spoiler sin tocarlo y vienen directos hacia nosotros, comprendo que el asunto es serio.

—Por todos los Masters... —murmuro.

Mai se pone alerta y los fotografía rápidamente con su holopulsera. MultiLeaks nos revela la información que necesitamos.

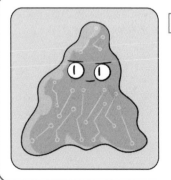

Pringosos

Mobs de última generación creados por GodNeSs. Son indestructibles, arrasan todo a su paso y convierten en pringosos a los Cosmics que tocan.

Tarde o temprano tenía que encontrarme con las últimas criaturitas de los villanos.

—Vale. Mantén la calma. ¡¡¡CORRE!!!

Los pringosos se cuentan por cientos y se arrastran rápidamente por el suelo. Son como una ola de alquitrán que avanza imparable hacia nosotros. Me calzo unos esquís que saco del inventario y Mai hace lo propio con una tabla. Tenemos que salir antes de que nos alcancen.

Pero los pringosos son veloces, y bajan por la ladera igual que un alud. Cada vez los tenemos más cerca.

—Parece que los Masters han averiguado que estamos aquí. ¡Y han enviado a sus Mobs para saludarnos!

¿Cómo han sabido que estamos aquí?

Entonces recuerdo el gatito de hielo que acaricié al llegar a Brrrrrr y me atraganto con la saliva. ¡Soy el Cosmic más torpe del mundo!

Un pringoso se acerca peligrosamente a Mai, pero ésta lo obliga a retroceder con un golpe de su vara. Mi espada es inútil para esta clase de enfrentamientos, pero rebusco en la mochila algo que nos pueda ayudar. Repíxeles, no tengo ninguna arma que sirva contra estos Mobs. Hasta que me encuentro con una esponja de baño que utilicé en las últimas vacaciones.

—¡Chúpate ésta, pringoso!

Le lanzo la esponja al Mob que tengo más cerca y enseguida se queda clavado en la esponja. Ha absorbido parte de su líquido. ¡Hurra!

Pero detrás de él vienen muchos más, y no podremos evitarlos eternamente.

Mai es una máquina con la vara. Ha conseguido noquear a tres pringosos y no muestra ni un poquito de cansancio. Por un instante nos cruzamos la mirada y me sonríe.

Me derrito aunque estemos a veinte grados bajo cero.

—¿Tienes algún plan? —me pregunta, después de dar otro varazo a un pringoso que se le acerca demasiado. Seguimos descendiendo por la pendiente.

—Espero que se cansen pronto y...

El suelo desaparece bajo nuestros pies. Hemos ido a parar a un precipicio. La tabla de Mai sale volando por los aires y tengo que agarrarla para que se sujete a mis esquís. Ojalá hubiese practicado el comando de aterrizaje antes.

—¡¡¡Mamaíííítaaa!!! —chillo mientras hacemos una parábola en el aire. Los pringosos gritan a nuestras espaldas. Se han quedado colgando del precipicio.

El comando de aterrizaje en un desastre y caemos rodando sobre la nieve. Pierdo ❤ ❤ ❤ ❤ de golpe, pero mi única preocupación es que Mai esté bien. Ésta me levanta el pulgar mientras se quita nieve de la cara. Está muy preocupada.

—Pensaba que íbamos a morir.

La Cosmic tiene lágrimas en los ojos. Siento un impulso irrefrenable de abrazarla, pero me da corte. Nunca he abrazado a una chica (Alex no cuenta).

—Sólo moriríamos en MultiCosmos —la tranquilizo. Tampoco se trata de exagerar—. Hay vida después.

—MultiCosmos es todo —responde, y por el modo en que lo dice, siento que no puedo contradecirla. A veces también lo siento así.

Quiero animar a Mai, así que me pongo a hacer el baile de la zarigüeya para rebajar la tensión.

—Hemos dado esquinazo a esos pringosos. ¿Quién dijo que son invencibles? ¡Ja!

Mai se levanta de un salto y agarra la vara con fiereza.

—No lo celebres todavía: vienen más.

Mai

Me quedo congelado en el paso de baile número 3. Los pringosos han conseguido sortear el precipicio por un lateral y están muy cerca de nosotros.

No podemos seguir huyendo de ellos, y menos en el pasado. Así que saco el descronizador, abro un anillo temporal sobre la nieve y pongo el presente como destino. Los pringosos están a punto de caer sobre nosotros.

Cuando la luz se termina de calentar, Mai es la primera en entrar. Los pringosos retroceden, asustados. Pero cuando yo voy a meterme en el círculo, uno me agarra por detrás. Es mi final. Estoy muerto.

—¡Entra! —chilla Mai desde el interior del anillo. Se arriesga a sacar los brazos y me estira hacia dentro. Le pega un buen varazo a un pringoso que se acerca.

—¡Márchate! —le digo—. Cuéntale a Amaz∞na lo que ha pasado. Yo no puedo seguir.

El pringoso me tira hacia atrás. Está a punto de devorarme y convertirme en uno de ellos. Pero Mai demuestra una fuerza extraordinaria para una Cosmic y me arrastra con ella.

—Tú te vienes conmigo. No pienso dejar atrás al único amigo que tengo en el mundo.

Consigo quitarme la mochila de Pandora que agarra el pringoso y caigo en el interior del anillo, en los brazos de Mai. Los dos nos quedamos un segundo cara a cara, en silencio. Los pringosos se estrellan contra la pared invisible del círculo de luz y antes de que la puedan derribar, saltamos en el tiempo.

<Galimatías en Kenia>

Tendaji Tembo apaga el ordenador y se dirige al jardín trasero de la casa.

Una mujer ultima los preparativos de la cena, que consiste en unos sándwiches de pollo, ensalada y bollos semidulces. Tendaji sabe que lo mejor vendrá después: un pastel. El pastel de su decimosegundo cumpleaños.

—Pensaba que no apagarías ese ordenador —le dice su madre mientras enciende unas velas repelentes de mosquitos. Una cría de jirafa intenta meter el hocico en la ensaladera, pero ella la espanta. El sol se pone por el horizonte y Tendaji ve una familia de elefantes que regresan. Conoce los nombres de cada uno de ellos, igual que el de los demás grandes animales de la reserva natural. El chico ha nacido en el corazón de Kenia y jamás ha salido de sus fronteras—. No debes preocuparte por la guerra, cariño. Aquí estaremos seguros.

—No hay nadie seguro, tampoco nosotros —dice Tendaji. La comida tiene muy buena pinta, pero ha perdido el apetito. Demasiadas tensiones en las últimas horas—. MultiCosmos no puede caer en las manos de los villanos.

Tendaji, cuyo nick virtual es Spoiler, se ha dado un respiro tras huir de Caos por los pelos. Minutos después del

despegue de la nave, los Masters han detonado la Gran Ce-
bolla. Se habla de más de tres millones de usuarios ma-
sacrados, y lo que es más grave: el planeta Limbo está
inoperativo para evitar la revancha de los rebeldes. Eso
significaba que nadie podría volver a empezar partida. Si te
matan en MultiCosmos, es el final.

El chico ha vivido una montaña rusa en los últimos días:
primero con el viaje en el tiempo con su mejor amigo, y
después con el encuentro con K@l y Aren@. Los Cosmics
perrunos lo habían tomado por un impostor hasta que
descubrieron que Spoiler heredó el avatar de su padre. El

pasado también ha sido una sorpresa para el chico, que jamás hubiese imaginado ser hijo de un Cosmic revolucionario: flipante.

Fue su madre la que le facilitó el usuario y la contraseña pocos años atrás, cuando su padre ya llevaba varios años muerto. Tendaji habría preferido otro nick como Molo_Mogollón_Tron, pero usar el avatar de su padre no sólo era un homenaje a su memoria: también tenía sus ventajas virtuales. Heredó la cuenta con un montón de objetos en el inventario.

Mwenye Tembo había fallecido a consecuencia de un accidente con un hipopótamo, o al menos eso le habían dicho. Se dedicaba a vigilar el recinto de la reserva en la que viven y cuidar de los animales, pero su hijo desconocía que había formado parte de un grupo rebelde de Cosmics. Nunca lo había tenido por un experto en MultiCosmos.

—Mamá —dice el chico de pronto. Su madre levanta la vista del plato de arroz que está comiendo y asusta a la cría de jirafa que los acompaña. Se le hace un nudo en el estómago—. ¿Por qué quisiste que utilizase la cuenta Cosmic de papá?

Tendaji no quiere remover el pasado. Sabe que el recuerdo de su padre pone muy triste a su madre. Pero MultiCosmos está en peligro, el mundo ha caído bajo su poder y necesita respuestas.

Furaha coge aire. De todas las preguntas que podía esperar esta noche de cumpleaños, la que menos se imaginaba que podía hacerle es la que acaba de oír. Deja el bol en la mesa y estira los brazos para ganar tiempo.

—Tu padre nunca me hablaba de MultiCosmos —dice después de un respiro—. Al principio creí que se lo tomaba como un juego y que no quería aburrirme con sus historias, pero al cabo de un tiempo sospeché que había algo más. Alguna vez escuché a tu padre hablar de revolución a la pantalla del ordenador. Ahí me di cuenta de que quizá no fuese un simple entretenimiento.

Tendaji escucha con atención. Su madre es una mujer que acostumbra a estar de muy buen humor. Si está preocupada, debe de tener sus motivos.

—Un tiempo antes de morir me obligó a memorizar su usuario y contraseña. Me dijo que quería que tú lo sustituyeses cuando llegase el momento. Entonces tú tenías seis años y me pareció una broma de mal gusto, pero cuando falleció y tú tuviste edad para conectarte, me pareció que era el momento de cumplir su deseo.

El sol se pone por el horizonte. Tendaji espanta a un par de moscas que intentan posarse en su pastel de cumpleaños, pero su cabeza está en otro sitio. K@l y Aren@ le han dicho que su padre tiene la clave para derrocar a los Masters. ¿Por qué no compartió el secreto con sus amigos? ¿Por qué no lo compartió con él?

—¿Papá te dijo por qué quería que usase su avatar? —insiste Tendaji, cada vez más cerca de la respuesta. Mientras él celebra su cumpleaños, los Masters destruyen galaxias enteras e invaden países con sus drones. No tiene tiempo que perder.

—Ahora que lo dices, tu padre dejó una nota antes de morir que nunca he podido descifrar. Siempre pensé que era un simple galimatías, pero quizá tenga algún sentido para ti.

Furaha desaparece por la mosquitera de la puerta y regresa cinco minutos después. Tendaji está impaciente por descubrir de qué se trata.

—Tu padre tenía esto apuntado por todas partes, como si temiese olvidarlo. Cuando murió me deshice de todas las copias menos de una. Siempre he pensado que era un jeroglífico.

Se sienta a su lado y le extiende un trozo de papel. A Tendaji le da un vuelco el corazón. Nunca había visto la letra de su padre. Es irregular y, a pesar de la brevedad, ocupa toda la página.

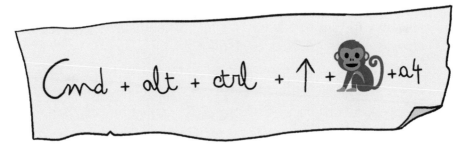

El mensaje es breve:

—¿Tiene algún sentido para ti? —pregunta Furaha, curiosa.

Esos códigos nunca han significado nada para ella. No ha dedicado ni un minuto de su vida a jugar con el ordenador.

Spoiler hijo sabe que no son ningún acertijo ni contraseña. Es un comando de MultiCosmos, uno completamente nuevo para él.

<Un aliado secreto>

El palacio antártico de los Masters tiene más tecnología punta que las torres japonesas de la multinacional Mori. Ninguna puerta se abre sin su respectiva tarjeta o código secreto. Sin embargo, a medida que Alex se mueve por el edificio, las puertas se van abriendo misteriosamente a su paso, indicándole un camino que no sabe adónde la va a llevar. Cuando un miembro de seguridad anda cerca, se abre otra salida para que pueda darle esquinazo.

Está claro que Alex está recibiendo la ayuda de alguien invisible, aunque no tenga ni idea de quién se trata.

«Espero que no sea una trampa.»

Alex sabe que Enigma y los rebeldes pueden hackear casi todo. Quizá la estén ayudando a huir desde la base rebelde. Eso significa que no está todo perdido.

La chica sigue avanzando a través de puertas desbloqueadas, cruzando vestíbulos, escaleras, baños lujosos, habitaciones completamente vacías y una cocina más grande que el instituto Nelson Mandela, hasta que llega a una sala con techo a gran altura. Parece una biblioteca gigante, solo que en vez de libros tiene... ordenadores.

En la estancia hace bastante frío y apenas está ilumina-

da con unas luces azules de emergencia. Un cartel discreto
le revela dónde se encuentra:

```
       Servidor de MultiCosmos

  PROHIBIDO COMER O BEBER EN LA SALA
      (ZUMO DE PANTONE INCLUIDO)
```

—Repíxeles... —susurra emocionada.

A pesar de su crítica circunstancia, la Amaz∞na que ha-
bita en el interior de Alex no puede evitar sentir admiración
por este lugar. MultiCosmos es un lugar extraordinario,
aunque sus líderes quieran dominar el mundo, y esta sala
contiene toda la información de la web. Cada avatar que se
crea, cada planeta explorado, cada comando por aprender... se ejecuta en uno de los miles de ordenadores del
servidor. El silencio es tan inquietante como poderoso.

¿Por qué su rescatador invisible la ha traído hasta aquí?
¿O son los Masters los que quieren que vea esto? Alex siente un impulso irrefrenable de tocar uno de los ordenadores
del servidor. Quiere sentir los latidos de la máquina de MultiCosmos.

—Yo que tú no haría eso —escucha detrás.

¡Menudo susto de muerte! Alex está a punto de chillar.
Quien le habla no es otro que un moderno robot con aspecto de enano de jardín galáctico.

—¿Hablas conmigo? —pregunta la chica.

—Te vas a meter en un lío, MoriBot205. Te vas a meter
en un lío...

Alex ya ha visto anteriormente un modelo de robot Mori parecido, con su cabeza de batidora y brazos multifunción. Es un robot de cocina. En ese caso, se pregunta qué habrá ido a hacer a la sala del servidor. La chica advierte que ni siquiera le habla a ella directamente. MoriBot205 está demasiado entretenido discutiendo consigo mismo.

—Tienes que llevar a la chica, es una orden —se dice de mal humor. Alex lo observa todo a un metro de distancia, sin entender nada—. ¡Ya verás en qué lío te metes!

Los ojos con bombillas leds integradas reparan en Alex de pronto, y algo parecido a una mueca aparece en la carcasa de su cabeza. Ni el mejor ingeniero podría descifrar su expresión.

—Debes acompañarme, pero prometo-que-no-soy-un-traidor.

MoriBot205 está luchando consigo mismo. La Usuaria Número Uno echa un vistazo a sus conexiones para comprobar que no está averiado.

—¿Vas a ayudarme o te envían los Masters? —le pregunta al robot. Éste niega y asiente con su cabezón batidora, todo a la vez—. ¿Qué te pasa?

—Ya te has metido en un lío, MoriBot205. Obedece la orden y vuelve a la cocina tan rápido como puedas. —El robot se dirige a Alex y le hace un gesto con el brazo—: ¡Vamos, Amaz∞na!

—¿Me has llamado por mi nick? —pregunta Alex, pero MoriBot205 ya se ha puesto en marcha y se aleja por un estrecho pasillo del servidor—. Eh, ¡espérame!

El robot avanza muy rápido gracias a sus ruedas.

Alex corre para alcanzarlo, pero MoriBot205 siempre le lleva un pasillo de ventaja. Sin darse cuenta, se han metido en el servidor, provisto de infinidad de pasillos que dan forma a un complejo laberinto de información.

—¡Frena un poco! —le pide Alex después de diez minutos a la carrera. No tiene ni la mitad de resistencia que su avatar—. ¿Adónde me llevas?

Encuentra el camino:

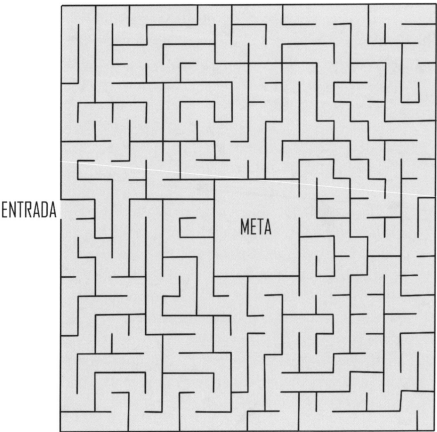

La persecución continúa durante cinco minutos más, mientras Alex se adentra hasta el corazón de la máquina. Los pasillos son cada vez más oscuros y estrechos, y está a punto de alcanzar al robot cuando éste se detiene de golpe.

—¡Ya la he traído! —Si no fuese porque es imposible, Alex creería que el robot está lloriqueando—. Ahora me piro. ¡No quiero que me descuarticen para convertirme en chatarra!

MoriBot205 se va rodando por donde ha venido. Pero ella ya no tiene interés en seguirlo. Delante de ella hay una robusta puerta acorazada. ¿Será la puerta al exterior?

Mide el doble de altura que la chica y parece muy pesada. Alex ha visto alguna parecida en las películas de atracos en bancos, pero ésta parece mucho más infranqueable. Tiene un extraño teclado para introducir la contraseña, que además de números y letras, incluye símbolos que Alex no ha visto nunca, como Σ, ‡ o §.

Necesitaría siglos para averiguar la contraseña.

No hace falta. Por arte de magia (o intermediación de su salvador), la pantalla azul cambia del «Introduce la contraseña» a «Contraseña correcta». Se escucha un clac y la puerta se abre.

Primero el misterio del rescatador de su celda, después las luces que la guían hasta aquí, y por último un robot de cocina que la recoge en la entrada del servidor para llevarla hasta una cámara acorazada del palacio de los Masters. Es muy raro. Le hubiese encantado tener a su lado a su mejor amigo para comentarlo. Puede que él no tuviese ninguna idea brillante, pero sus chistes malos habrían sido perfectos para romper la tensión.

Al otro lado de la puerta de seguridad no hay una salida, sino una sala de cinco paredes similar a la habitación donde conoció a los Masters. No tiene muebles, a excepción de uno en el centro.

Alex se acerca para verlo mejor. Parece la vitrina de cristal de una joya de museo, pero en lugar de una piedra preciosa, contiene una llave de un palmo de largo.

Pega la cabeza al cristal para ver mejor sus detalles: está tallada en esmeralda, con formas intrincadas y brilla igual que el mar bajo el sol.

Cuando la mira con más detenimiento, comprueba fascinada que no es una llave de verdad: es un holograma proyectado desde la base, que flota en el interior de la vitrina como una pompa de jabón.

—Por todos los megas del mundo... —dice boquiabierta.

Alex se queda hipnotizada con la imagen hasta que suena la alarma de seguridad.

—¡OMG! —exclama. Seguramente la ha activado ella misma al tocar el cristal. La sirena suena tan fuerte dentro de la habitación que seguro que pueden escucharla desde fuera del palacio. Maldice su descuido.

Su corazón late a mil por hora. Ha llegado hasta aquí sin querer, animada por un colaborador invisible. Seguramente Enigma y los rebeldes han hackeado las fuertes medidas de seguridad del palacio para liberarla. Lo han hecho para que ella, en su ubicación única, pueda llegar hasta esta cámara de seguridad.

Porque lo que tiene delante no puede ser otra cosa que una Llave Maestra. Apunta con la holopulsera para averiguarlo, igual que haría en el videojuego.

Llave Maestra de Mr Rods

**Una de las cinco llaves para controlar MultiCosmos.
El color verde simboliza el honor. Escanéala
con la holopulsera para guardarla en el inventario.**

Alex está a punto de chillar. Ha oído hablar de ellos: hologramas del mundo real que pueden trasladarse directamente a su inventario en el mundo virtual. Es lo último en tecnología. Su situación ya no le parece tan crítica: unos segundos más y habrá conseguido una de las cinco Llaves Maestras.

Apunta al holograma con la holopulsera y da la orden de escanear.

Cargando en
el inventario...

1%

—¡Ja! —celebra Alex—. Voy a conseguirlo.

El escaneo está yendo a la perfección. Pero cuando está a un 95 % de carga, escucha una voz cantarina que le pone los pelos de punta

—Yo en tu lugar no haría eso, princesita.

‹Hada›

El círculo de luz del descronizador se activa justo antes de que los pringosos nos den su abrazo mortal y nos lleva de viaje por el espacio-tiempo. ¡Hemos escapado por muy poco!

—Gracias —le digo a Mai—. Me has salvado la vida.

Mi nueva amiga me sonríe mientras viajamos por el espacio-tiempo, y ese gesto es suficiente para que mi avatar se ponga a echar humo de la emoción. Tengo que activar un comando apagafuegos para que no se me note.

El paisaje del planeta Brrrrr se transforma a nuestro alrededor para trasladarnos desde el año 2 de MultiCosmos hasta nuestros días. Poco a poco, las montañas nevadas desaparecen y se levantan piscinas de olas en su lugar. Por lo visto, en algún momento convirtieron el planeta helado en una playa artificial. Después estos complejos también desaparecen y sólo queda la oscuridad. Cuando el viaje por el tiempo termina, el descronizador hace un «cling» igualito que el microondas. Ya estamos en el presente.

Pero en cuanto pongo un pie fuera del anillo temporal... ¡BLUP!

Mi avatar está flotando en la nada. ¡Blup, blup, blup! Mis extremidades se han inflado como globos. Parezco el logo de Michelín. ¿¿¿Qué está pasando??? Mi barra vital pierde un ♥ cada cinco segundos.

Mai saca una escafandra de su inventario y se cubre la cabeza. Después salta sobre mí (me he inflado tanto que casi ocupo lo mismo que el planeta Beta) y me mete un tubo por la boca. Así evita que engorde hasta el tamaño del sistema solar.

—¿Mmfmmfmfmfmfmffffffmmmmf?

Traducción: «¿Qué repíxeles está pasando?».

No es tan fácil hablar cuando tienes un tubo en la boca.

—Estamos en el espacio sin oxígeno —dice preocupada. De ahí su escafandra y el tubo para respirar que me ha dado. La chica hace una consulta rápida en la holopulsera y pone cara de preocupación—. OMG, tenemos un problema.

Pongo cara de «¿Qué quieres decir?», que es lo único que puedo hacer en estas circunstancias, y Mai responde:

—El planeta Brrrrrr fue eliminado hace un par de años para construir una autopista virtual. Al viajar al presente sin movernos de sitio, hemos aparecido en un punto de MultiCosmos donde ahora no hay nada.

Nada. Justo lo que nos rodea. Los planetas más próximos se ven a varios gigapíxeles de distancia. Pues sí que la hemos liado bien.

Y si el planeta desapareció, está claro que la Llave Maestra de Nova tampoco estaba aquí.

Escucho un ruido en el jardín y comprendo que los problemas se extienden a mi casa.

—Ahora vuelvo, Mai.

—¿Adónde vas? —pregunta extrañada.

—Tengo movida en el mundo real.

Dejo el avatar flotando en el espacio y me levanto corriendo para asomarme por la ventana. Lo primero que veo al abrir la persiana es el dron pelmazo de antes.

—¿Otra vez tú?

—Nos encontramos en alerta roja. Es mi deber proteger al Usuario Número Dos de cualquier posible peli...

Le lanzo la *Guía Imprescindible de MultiCosmos* para que se calle, pero su retirada sólo es temporal. Enseguida vuelve con refuerzos y tengo que tragar saliva, porque los drones se cuentan por cientos. El cielo está cubierto por un ejército de ellos que me apunta desafiante. La guerra no se puede retrasar más. Ya está aquí.

Un dron con la carcasa dorada desciende hasta la altura de mi ventana. Parece el cabecilla del batallón.

TENGO QUE PEDIRLE QUE SE UNA URGENTEMENTE A LOS MASTERS EN SU LUCHA CONTRA LOS REBELDES.

—Me uniré a los Masters cuando los emojis vuelen.

Justo en ese momento se cruza una carita sonriente en mi campo de visión. Alguien de la fiesta ha lanzado por los aires un plato.

Abajo, en la fiesta, hay tanta gente que no consigo ver el césped del jardín. La multitud se agolpa en la calle y hasta en las casas vecinas. ¿De dónde ha salido tanta peña?

Me asomo a la ventana y grito a mi hermano:

—¡Te las vas a cargar cuando se enteren papá y mamá!

No se puede salvar el mundo con la música sonando a mil decibelios en el piso de abajo.

Cuando retomo a mi avatar, me encuentro con que Mai está con los ojos cerrados, como dormida. Debe de haberse desconectado temporalmente. Más que dormida, parece el abuelo haciendo la postura de la flor de loto.

De pronto abre los ojos y sonríe. Sus pupilas amarillentas se clavan en mí.

—¿Ya has vuelto del mundo real? —le pregunto. He tenido que cubrirme la cabeza con una pecera para no tener que hablar con el tubo.

Mai niega con la cabeza.

—MultiCosmos es el mundo real —replica muy seria—. ¿Es que no te lo parece?

Me gusta el modo de Mai de ver las cosas. Vive MultiCosmos con mucha intensidad. Le devuelvo la sonrisa (y confío en que no se me haya quedado un trozo de sándwich de spam entre los dientes).

Tengo que darle la razón. Si MultiCosmos no es real, ¿qué han sido todas estas aventuras? ¿Y la guerra contra los

Masters? ¿Por qué estoy arriesgando mi vida y la de mi familia, si no existe? ¿Y mi amistad con Spoiler?

Pienso en Spoiler y me entristezco. Había confiado en él ciegamente. Ya no sé si es un espía doble, un saboteador o simplemente un impostor sin escrúpulos.

Pero también está Amaz∞na, de la que me hice amigo en el instituto por nuestra afición común a MultiCosmos; y por supuesto Mai, a la que apenas acabo de conocer pero que ha demostrado total lealtad.

Ella me hace recuperar la ilusión por la web.

—MultiCosmos me ha dado algunos de los mejores momentos de mi vida, y no pienso rendirme tan rápido. Hay que evitar como sea esta destrucción. Si conseguimos la llave de Nova, quizá tengamos alguna oportunidad.

—No sé exactamente qué te traes entre manos, pero si es para salvar MultiCosmos, cuenta conmigo —me dice Mai—. ¿Adónde vamos ahora?

Buena pregunta. Nuestro regreso al presente nos ha dejado un poco perdidos. En medio del espacio, concretamente. El planeta más próximo se llama Ni-Se-Te-Ocurra-Entrar-Aquí y tardaríamos dos días en llegar (además de que no sé cómo nos recibirían). Eso de no tener un vehículo espacial es un rollo.

Hasta que veo un viejo Transbordador público surcando el espacio no muy lejos de aquí, de ruta por este rincón olvidado de la galaxia. Todavía hay esperanza.

\<El comando más complicado\>

Tendaji Tembo, más conocido como Spoiler júnior, nunca ha realizado un comando tan complicado en sus doce años de vida. Tiene dominados los comandos de saltos acrobáticos desde los diez, y es un hacha con el complejo comando de la croqueta, pero ninguno es tan remotamente difícil como el que su padre apuntó en el papel.

Su madre lo acompaña hasta el viejo ordenador de la salita de estar que también sirve de dormitorio del chico. Spoiler inicia sesión en MultiCosmos y reaparece en la nave espacial de Anonymous, su última ubicación. Se desconectó cuando acababan de huir a tiempo de la explosión de Caos.

—Nunca entenderé qué le veis a esos muñequitos virtuales —suspira su madre. Siempre repite lo mismo, pero en esta ocasión, a diferencia de las otras veces, coge un taburete y se sienta a su lado—. Si era tan importante para tu padre, quiero saber por qué.

En el vehículo espacial, Anonymous y K@l discuten sobre su próximo destino. Se han olvidado del avatar de Spoiler, que lleva un largo rato en reposo. Por eso, cuando sale del letargo, no dice nada y camina disimuladamente hasta el final de la nave.

No se le ocurre qué función podría tener el comando misterioso.

¿Invocará una espada ninja?

¿Multiplicará el fondo de su inventario?

¿O será el comando de la megacroqueta?

Debe de ser importante si su padre lo anotó en todos los rincones de la casa.

Spoiler se concentra en el teclado. Tendrá que darse prisa, ya que sólo faltan un par de horas para que los Masters de MultiCosmos se hagan con el control efectivo del mundo real. Necesita casi todos los dedos para teclear el comando a la vez.

—Te va a dar un calambre en las manos —suspira su madre—. ¿Por qué tienes que tocar todas las teclas al mismo tiempo?

—Un momento, mamá. ¡Tengo que salvar el mundo!

Y completa el comando.

Al principio no pasa nada.

El avatar ninja se encoge de hombros. El comando no ha tenido resultado.

Pero de súbito, el avatar desaparece de la nave espacial.

Ni siquiera ha tenido tiempo para despedirse de Anonymous y K@l.

El Cosmic está viajando por el ciberespacio, arrastrado por la magia del comando a una velocidad que ni la fibra óptica.

—¡¡¡Aaaah!!! —chilla Spoiler delante del ordenador. Tiene miedo de estrellarse con alguno de los millones de planetas y naves que pasan a su lado. Este comando no entiende de límites de velocidad. Cruza las galaxias Ladrilaxy, Random, Bukokos, Nature, Yxalag, Adventure, Lab, GazpachoSideral y muchas más en un abrir y cerrar de ojos.

Y de pronto, ¡plop!

El avatar aterriza en medio de un jardín virtual.

Un jardín que no había visto nunca.

El comando secreto es un comando de viaje y lo ha traído a su destino.

‹Una traición inesperada›

Cuando Alex está a punto de cargar el 100 % de la Llave Maestra en su holopulsera, sus enemigos aparecen en la escena.

—Aguafiestas —protesta la chica. La sorpresa la separa del holograma y detiene el escaneo cuando casi lo ha completado.

Los tres Masters villanos, Mr Rods, G0dDNeSs y Mc_Ends, han entrado en la sala acorazada a través de una trampilla secreta que conecta con el piso superior. El primero tiene el rostro desencajado al descubrir a Alex a punto de birlarle su Llave Maestra, la segunda está furiosa y el tercero mira a uno y otro lado sin saber qué hacer.

Tras ellos aparecen una docena de miembros de la Brigada de Seguridad de MultiCosmos armados hasta los dientes. La Usuaria Número Uno sabe que no lo tendrá nada fácil para salir de allí. Se ha quedado a un 1 % de cargar la Llave Maestra en su inventario, pero de nada le servirá si no tiene el 100 %.

—¡¿Cómo has llegado hasta aquí?! —pregunta Mr Rods, fuera de sus casillas. El *gentleman* ha perdido sus famosas buenas maneras y zarandea a Alex con violencia. Ésta no piensa dejar que nadie le ponga la mano encima y se desembaraza de él furiosa, pero enseguida los guardias la apuntan con las armas—. ¡Es mi llave, ladrona!

GOdNeSs está igual de enfadada. Los separa con el rostro tenso y pone una de sus falsas caras adorables que Alex tanto odia.

—La cámara acorazada tiene una clave tan compleja que necesitarías ocho vidas para descifrarla. Nos vas a explicar cómo has llegado hasta aquí ahora mismo si no quieres que te hagamos daño. —La Master aprieta sus uñas en el brazo de Alex—. Has estado a punto de hacer algo muy malo, princesa.

La chica está rodeada. No hay nada que pueda hacer, pero rendirse no está entre sus planes.

—Los rebeldes han conseguido derribar vuestras medidas de seguridad y me han traído hasta aquí. Es cuestión de tiempo que vosotros también caigáis.

Pero Mr Rods niega con la cabeza.

—Es imposible. Nuestro sistema de seguridad es absolutamente inexpugnable, ni siquiera Enigma lo conoce. Sólo alguien desde dentro...

El Master no termina la frase. Se queda quieto y casi se puede escuchar el sonido de su cerebro. De pronto se vuelve y mira a su compañero Mc_Ends.

—Tú...

El Master con nariz de pepino se tensa. GOdNeSs también lo señala con el dedo.

—¡Tú! Sucio traidor asqueroso, has vendido la llave a nuestros enemigos... ¡Nunca mereciste ser un Master, patán! ¡Eres idiota!

—¡Rata! —le grita la otra—. Cómo te atreves...

El pobre Mc_Ends retrocede pasito a pasito hasta que se estrella contra los guardias, que lo cogen por los brazos.

—¡Has puesto en peligro nuestro plan, idiota! —le chilla G0dNeSs—. ¡Siempre supe que eras un inútil, pero ahora descubro que además eres un traidor!

Mc_Ends llega al límite, y después de escuchar una sarta de insultos, explota:

—¡Siempre me habéis despreciado con vuestras burlas y mofas! ¡Incluso antes de haceros con el poder definitivo de la red! Si vuestro plan triunfa, ¡me trataréis como a un perro!

Es imposible no sentir lástima por Mc_Ends en este momento, pero no hay nada que Alex pueda hacer. Sigue atrapada en el Ártico y no tiene modo de escapar.

Como si de un hechizo de invocación se tratase, una explosión sacude una de las paredes de la sala.

¡¡¡CRAC!!!

—¡Todos a cubierto! —grita un miembro de seguridad.

De repente, los cubre una nube de polvo y los escombros llegan hasta sus pies. Alex intenta averiguar qué pasa, cuando ve que un todoterreno acorazado es el responsable de la entrada espectacular en la habitación. Ha tirado la pared abajo ayudado con un sistema de hierros en la parte frontal que podría derrumbar un castillo. Alex jamás ha visto nada igual y, sin embargo, el coche le resulta extrañamente familiar.

Un tipo larguirucho salta del asiento del copiloto y agarra a la chica por el brazo. Alex está a punto de resistirse pero de pronto reconoce el rostro de Qwfkr, antiguo rival hasta que se unió a los rebeldes.

Es un aliado.

—¡Sube rápido al coche, Amaz∞na! No podemos perder tiempo. Tenemos que huir.

—Espera un segundo —responde. Los Masters y los guardias están demasiado ocupados intentando ver algo entre la polvareda.

La chica aprovecha la confusión del momento para correr hacia el holograma de la llave, que brilla entre la nube de polvo, y escanea el 1 % restante. ¡Tachán!

Tienes un nuevo objeto en tu inventario:

Llave Maestra de Mr Rods

Alex contiene las ganas de gritar. ¡Lo ha conseguido!

A continuación, corre con Qwfkr y se monta en el coche antes de que los soldados tengan tiempo de reaccionar. GOdNeSs corre tras ella, pero Alex le cierra la puerta en las narices y pone el seguro infantil. La Master echa espumarajos por la boca.

—¡Vuelve aquí! ¡Estás a tiempo de elegir el bando correcto!

El vehículo acorazado se pone en marcha entre un montón de disparos que, por suerte, no causan ni un rasguño en la carrocería. Los cristales también están blindados.

—¡Rumbo a casa, Cosmics! —ruge el conductor cuando Alex y Qwfkr ocupan sus puestos. Aprieta el acelerador para salir cuanto antes del palacio. Más que un coche, parece un tanque a prueba de bombas.

Alex, que se ha sentado como ha podido, se fija en el hombre que maneja el volante. Debe de tener unos cin-

cuenta años y luce una poblada barba gris. Se cubre la cabeza con un gorro de lana que tiene pinta de ser tan viejo
como él. Su ojo derecho está cerrado, mientras que el izquierdo no pierde detalle de la vía de escape. Los soldados
saltan a los lados para no ser arrollados por él.

—¿Quién eres? —pregunta Alex, intrigada. El conductor,
desatendiendo el volante, le dedica una sonrisa—. ¡Mira
por dónde vas, por favor!

Da igual dónde mire el conductor, porque el furgón derriba todo lo que se le pone por delante. Alcanza el exterior
del palacio y se pone a rodar sobre la nieve de la Antártida.
El conductor se ríe como un maniaco.

—¿Es que no me reconoces, Amaz∞na? —le pregunta
divertido. Alex lo mira a él y después a Qwfkr, sin entender.
Entonces repara en el muñequito que cuelga del retrovisor:
un clip con ojos. Lo había visto antes, en MultiCosmos,
exactamente en la nave espacial de...

—¡Cíclope!

El hombre ríe de buena gana. Cíclope fue el piloto de la
misión de la galaxia Mori, un Cosmic chapado a la antigua
que ha batallado en todas las guerras virtuales. El tanque
de Cíclope no se diferencia apenas de la Chatarra Espacial, su peculiar nave espacial de MultiCosmos. Es uno de
esos jugones cuya vida real casi parece calcada de la virtual.

—Siento el modo en que hui la otra vez, pequeña. No
sabes lo que me avergüenza haberos abandonado.

—No pasa nada —lo tranquiliza Alex, que ya lo ha olvidado—. Lo importante es que habéis venido a rescatarme.

Pero ¿cómo supisteis que estaba aquí? Los Masters bloquearon mi Comunicador.

—Tu Comunicador y el de todo MultiCosmos —resopla Qwfkr desde el asiento del copiloto. Aunque a Alex siempre le ha parecido un tipo siniestro, agradece no tenerlo de enemigo.

—No te lo vas a creer, pero el otro día estaba lloriqueando en mi rancho, lamentando el fin de MultiCosmos, cuando de pronto escuché tu llamada de auxilio —dice Cíclope, que corre a doscientos kilómetros por hora sobre la pista de nieve.

Alex frunce el entrecejo.

—Eso es imposible. El Comunicador estaba bloqueado. ¿Cómo me pudiste escuchar?

Cíclope le guiña el único ojo bueno que tiene:

—¿Recuerdas que cuando estábamos en la galaxia Mori tuvimos que crear un canal especial de comunicación para evitar llamar la atención de los piratas? Pues bien, ese canal ha seguido en activo todo este tiempo, incluso después de que los Masters bloqueasen el Comunicador. Gracias a él pude oír que te habían secuestrado, seguimos tu rastro y vinimos a por ti.

Alex no puede creer su suerte. ¡Menos mal que no se había deshecho de la holopulsera cuando lo dio todo por perdido! Alguien la escuchaba incluso cuando se rindió.

—Los Masters saben que, si bloquean el Comunicador, los rebeldes estarán desorganizados —dice Qwfkr. Está trasteando con la tableta mientras habla. Alex ve con el rabillo del ojo que está conectado a MultiCosmos. El avatar de Qwfkr está apuntando con un cañón a un planeta con forma de buzón—. Pero es sólo cuestión de tiempo. Vamos a aprovechar que están entretenidos con nuestra reciente visita sorpresa para contraatacar.

El jugador pulsa una tecla y sonríe. De pronto se oye una explosión procedente del aparato.

—¡Ja! —Qwfkr se pasa la lengua por los labios sin ocultar su satisfacción—. Acabamos de eliminar el puesto de control del Comunicador. ¡Ya no podrán bloquear los mensajes!

‹Cruce de mensajes›

Mai y yo estamos flotando por el espacio de MultiCosmos cuando la holopulsera se pone a pitar como un guardia urbano en medio del tráfico. Parece que el Comunicador vuelve a funcionar (los rebeldes deben de haber luchado con todas sus fuerzas para conseguirlo) y me llegan un montón de mensajes de Amaz∞na de golpe.

Me dispongo a leerlos cuando escucho a mi hermano Daniel en el mundo real gritando desde el jardín. ¿Qué habrá pasado ahora?

—¿No podéis dejar de gritar por un segundo? —me quejo mientras abro la ventana.

Pero al asomarme me topo con una escena que no esperaba: a pesar de que el jardín está lleno de vasos vacíos y patatas fritas por todas partes, mi hermano no está bailando como un loco en el centro de un corro. De hecho, en este preciso momento Daniel está subiendo al desván por el canalón del desagüe mientras sus invitados estiran los brazos para agarrarlo. No lo veía tan asustado desde que se subió al regazo de Papá Noel cuando éramos pequeños.

—¿Se puede saber qué repíxeles estás haciendo? —le pregunto, más que nada por preguntar. Sinceramente, dudo mucho que me responda algo que tenga sentido.

—¡Mis amigos se han vuelto locos! —protesta a grito limpio para hacerse oír entre los gruñidos de los invitados. Entonces se dirige a la multitud que lo acosa desde el jardín—. ¡No tiene gracia, tíos! ¿Por qué me miráis así? ¡Parecéis unos zombis!

Efectivamente, los invitados de la fiesta se comportan de un modo un poco raro. Caminan con la espalda doblada, los brazos por delante y balbucean. Curiosamente, todos llevan holopulseras. Ya no hay quien baile en la fiesta, a pesar de que la música sigue sonando.

—Pero ¡¿se puede saber a cuánta gente has invitado, loco?! —le grito cuando me doy cuenta de que por lo menos hay unas doscientas personas en el jardín.

—Bueno, a mis amigos... y a unos cuantos más. El evento se me fue de las manos. Envié una invitación, mis amigos invitaron a unos cuantos amigos más, éstos a otros... y acabaron confirmando más de dos mil personas ¡que ahora quieren chuparme el cerebro!

Es verdad. ¡Los invitados parecen zombis! Tienen la mirada perdida y levantan los brazos intentando atraparlo. Se mueven más raro que el abuelo en sus clases de baile.

Rebecca, la pija de mi clase, está entre ellos. Está muy divertida con ese aire de muerto viviente. Hasta se le cae la babilla del labio. Le hago una foto con el móvil: nunca se sabe cuándo se puede necesitar.

DÉÉÉJAMEEE
PROBAAAR TUUUS
SEEESOOOS...

—¿Qué haces? —protesta Daniel, que está empezando a perder fuerza en los brazos y ya no aguanta más—. ¡Ayúdame, idiota!

Mi hermano tiene dificultades para sortear la pared y está a punto de caer. Los invitados abren la boca para recibirlo. ¡¿Es que van a comérselo?!

—¡¡¡Socorro!!!

En el último segundo, consigo agarrarlo y tiro de él con tanta fuerza que cae rodando al suelo del desván. Ya no me lo tomo a broma. Aquí pasa algo muy raro.

—¡Se han vuelto locos! —lloriquea. Sé que no es el mejor momento de decirlo, pero siento cierto placer al verlo llorar. Son demasiados años aguantando sus torturas de hermano mayor—. Estábamos disfrutando de la fiesta y de pronto se oyó un pitido rarísimo que salía de sus holopulseras y dejaron de bailar. A continuación empezaron a comportarse como zombis.

Zombis. No es la primera vez que veo algo parecido en lo que va de día. Los pringosos tenían un comportamiento similar. Una idea muy loca se me pasa por la cabeza.

En el mundo virtual, los pringosos convierten en Mobs a los Cosmics que se cruzan en su camino.

Si no me equivoco, G0dNeSs ha llegado un poco más lejos con su nuevo monstruo: las holopulseras del mundo real controlan a sus dueños como zombis.

—Es hora de que te enteres de la verdad —le digo muy serio—. Los Masters de MultiCosmos quieren ser los amos del mundo. El único motivo por el que no te has convertido en un zombi como los demás es porque yo hackeé nuestras

holopulseras para que no emitiesen frecuencias manipula-
doras de cerebro.

Por eso mi hermano se ha salvado de convertirse en
zombi. Aunque con lo tonto que es, seguro que yo no habría notado la diferencia.

Daniel escucha con los ojos empañados en lágrimas,
aterrado. Su mundo de adolescente feliz se hace añicos. No
imagina un mundo sin selfis ni filtros de felicidad.

—¿Qué podemos hacer?

—¿Quieres sobrevivir? —le pregunto muy serio—. Pues
tendrás que hacer exactamente lo que diga tu hermanito.

‹Revés cósmico›

Mientras huyen por la nieve, Qwfkr y Cíclope ponen al día a Alex de los últimos avances en la guerra por MultiCosmos. En el tiempo en que ella ha estado atrapada entre el avión y la prisión antártica, los rebeldes han perdido el control de un centenar de planetas, la eliminación de avatares se cuentan por millares y los últimos huyen al otro bando.

—Es el fin de MultiCosmos tal como lo conocemos —dice Cíclope pesimista—. Cada vez quedamos menos. Los drones nos acosan en el mundo real. En cuestión de horas, la humanidad estará sometida a unos Masters tiranos que presumen de darnos libertad. ¡Ja!

—Pero todavía tenemos nuestras armas —prosigue Qwfkr. Un extraño brillo centellea en sus ojos—. Los Moderadores lograron expulsarnos de GossipPlanet, pero no contaban con nuestra arma secreta: hemos lanzado un Escupitajo Atómico contra el planeta y lo hemos destruido por completo. Han caído un centenar de enemigos.

Los dos Cosmics sonríen satisfechos, pero Alex siente un escalofrío que la recorre desde los pies hasta la punta de la coleta. ¿GossipPlanet, destruido? ¿Qué habrá sido de los avatares que viven y trabajan allí, como el tabernero de El Emoji Feliz?

Alex ha visto a los Masters con sus propios ojos. Son unos fanáticos que, con la excusa de lograr un mundo mejor, aniquilan las libertades de los demás. El mundo se está volviendo loco y pronto no quedará un agujero donde esconderse. Pero ¿acaso eso da derecho a los rebeldes a una revancha despiadada? ¿Masacrar un planeta entero no es lo mismo que hacen sus enemigos?

Antes de que Alex pueda decirles nada, Cíclope suelta:

—Tenemos problemas.

El avión que los sacará de la Antártida ya se ve entre la planicie de nieve; sin embargo, los Masters están dispuestos a truncar la fuga de Alex. Además de los todoterrenos que los siguen a distancia, una bola de fuego sale del palacio que han dejado atrás y se eleva por el cielo.

—OMG. ¡¿Qué repíxeles es eso?! —pregunta Alex, asomada a la ventanilla trasera.

Qwfkr enfoca con la holopulsera y suelta un bufido de sorpresa.

—Vaya, vaya. Los Masters no nos van a dejar marchar tan fácilmente. Es un holograma de bola de fuego gigante.

—¿Un holograma? —Alex nunca ha visto un arma así—. Pero eso no nos puede hacer daño, ¿verdad?

El conductor inspira fuerte.

—Lo proyectan con un cañón holográfico desde la base. A nosotros no nos puede dañar en el mundo real, pero si nos alcanza y llevamos las holopulseras puestas... destruirá a nuestros avatares.

Las holopulseras los conectan directamente con sus versiones virtuales de MultiCosmos. Podrían arrojarlas inmediatamente por la ventana, pero las necesitan para combatir. Mientras tanto, el holograma de la bola de fuego se acerca peligrosamente hacia ellos desde el cielo.

Su única opción es ser más rápidos que ella.

Cíclope aprieta a fondo el acelerador. El avión privado de Qwfkr está cada vez más cerca y ya tiene la entrada trasera preparada para que el coche suba sin detenerse. Un minuto para llegar, sólo un minuto...

Sus perseguidores empiezan a disparar desde los coches que los siguen. Las balas rebotan en el cristal trasero, pero una impacta contra el retrovisor izquierdo y lo vuela por los aires. Alex no sabe durante cuánto tiempo podrán resistir.

—¡¡¡Deteneos inmediatamente!!! —brama una voz por un altavoz. Los pingüinos del paisaje se vuelven—. Devolvednos la Llave Maestra y no resultaréis heridos.

La bola destructora se acerca cada vez más. No podrán llegar al avión a tiempo.

—¿Qué pasará con la llave si destruyen mi avatar? —pregunta Alex, que nunca ha tenido que reiniciar su Cosmic desde cero.

—El inventario de los avatares caídos se traslada automáticamente al Planeta de los Objetos Perdidos —revela Qwfkr—, que es controlado por los Masters. Si esa bola cae sobre nosotros, lo perderemos todo.

La bola holográfica es como un sol en miniatura, tan potente que no existe una red que pueda frenarla. Los rebeldes prueban varios contraataques, pero el proyectil no se desvía de su rumbo. Sólo faltan unos segundos para que los alcance.

Alex se despide de Amaz∞na en silencio. Han pasado unos años preciosos juntas, y también algunas experiencias horribles, pero todas con el firme propósito de hacer un mundo mejor. Prueba de ello es que no ha utilizado el Tridente de Diamante ni una sola vez. Nunca ha querido hacer daño a nadie.

El Tridente de Diamante. El arma definitiva. Alex la consiguió después de la gran competición en la que había comenzado la aventura con su mejor amigo. Es un objeto superior a los demás, invencible en cualquier batalla, tan peligroso que lo ha guardado para que nadie pueda abusar de él.

Pero si es imbatible.... debería serlo en todas las circunstancias.

—Tengo una idea —les dice a Qwfkr y a Cíclope. Ambos la miran sin comprender.

Sin estar segura de lo que hace, Alex se levanta del asiento y se asoma por la ventanilla superior. La bola gigante está a sólo unos metros de ellos, a punto de devorarlos.

Levanta la holopulsera, aprieta el botón y da una orden sencilla.

—Holograma del Tridente de Diamante.

Su holopulsera proyecta de pronto el holograma del Tridente. Mide más de un metro de largo. Alex lo agarra con las manos con fuerza, aguarda a que la bola de fuego caiga sobre ella...

Y cuando el holograma destructor se la va a tragar, la chica le da un raquetazo con el Tridente de Diamante.

Alex cae en el asiento, asustada.

—¡¿Qué ha pasado?! —grita Cíclope. El conductor lucha por controlar el volante—. ¿Dónde está la bola?

Alex se vuelve a asomar por la ventanilla y ve cómo la bola gigante se aleja por el cielo. ¡Ha funcionado! ¡El Tridente de Diamante ha repelido la bola como si fuese una raqueta! ¡Están salvados!

Nada más subir con el coche al avión, éste despega y deja a los perseguidores detrás.

El grito de los Masters se escucha desde el cielo. Amaz∞na viaja de vuelta a la civilización con la Llave Maestra a salvo.

Planeta δ
Galaxia Madre
Modo: PRIVADO
Cosmics conectados: 1

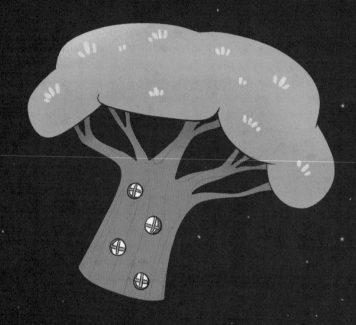

<El planeta desconocido>

Spoiler ha aparecido en el jardín virtual más espectacular que ha visto jamás. Tiene plantas virtuales traídas de los confines de MultiCosmos, con flores tan delicadas como un gatito de internet y árboles gigantescos como el ego de un tuitero. El universo vegetal contenido en una parcela.

El comando secreto lo ha teletransportado desde la nave de Anonymous hasta aquí, un lugar desconocido. Ha oído hablar de los comandos de viaje y su elevada dificultad. Solamente los Cosmics más experimentados se atreven a trasladarse de un rincón a otro del universo virtual con un simple golpe de teclado. Algunos comandos exigen un trillón de Puntos de Experiencia y sin embargo él, sin practicar antes, lo ha hecho posible.

La holopulsera le chiva su ubicación: está en el planeta δ de la galaxia Madre, la primera de todas. Una vista panorámica le revela que está orbitando alrededor del planeta Aa, donde se encuentra el Panel de Control de MultiCosmos. Eso significa...

—Tron, tron, tron —repite Spoiler, nervioso.

δ tiene que ser el planeta de un Master, su refugio secreto, el micromundo al que nunca dejaría que entrase nadie más.

«No existen los golpes de suerte», piensa. El hecho de que él esté aquí obedece a planes preconcebidos. Su avatar no se ha aparecido en δ por casualidad, de chiripa: seguramente su padre ya lo hizo antes que él, cuando manejaba el usuario que le dio en herencia.

Una idea cruza la cabeza del chico: «¿Y si mi padre quiso que heredase su avatar para que un día, cuando fuese necesario, viniese hasta aquí?». Que su padre muerto tuviese un plan secreto para él al principio lo aterroriza, pero después empieza a tomar conciencia de la importancia de la misión.

—Sigo sin ver la gracia de este videojuego —repite su madre, que no se ha separado del taburete de al lado, en el mundo real—. ¿Dónde están los marcianitos?

Spoiler ríe de puros nervios.

—Creo que papá no dejó ese código por error. Él sabía activar un comando único y quiso que yo usase su avatar para repetirlo cuando llegase el momento. Lo único que todavía no entiendo es para qué. ¿Qué querría que hiciese yo aquí?

—Querría que jugases a lo mismo que él —responde ella—. ¡Tu padre estaba enganchado a MultiCosmos! Allá donde esté, le gustará comprobar que tú eres igual.

Al ver que no pasa nada Furaha se impacienta y se levanta, no sin antes darle un beso a su hijo en la frente. El chico se queda solo delante del ordenador, intrigado por saber qué debe hacer a continuación.

Que el acceso a los hogares virtuales de los Masters está estrictamente prohibido lo sabe hasta un Cosmic recién nacido. Sus micromundos se consideran la máxima intimidad, y ni siquiera son visibles con un ultratelescopio. Spoiler solamente conoce una persona que ha pisado el planeta central Aa: su mejor amigo, y fue durante unos pocos minutos. Ni siquiera pudo echar un vistazo a los satélites que giraban a su alrededor, cinco mundos para cinco Masters.

Éste en el que se encuentra Spoiler es un paraíso vegetal. La casa está construida en el interior de un gran tronco de baobab (la reserva natural en la que él vive está llena de ellos) y tiene la puerta abierta para él. Pasa sin llamar. Seguramente el Master que la ocupa no recibe visitas.

¿Por qué su padre tenía acceso directo a ese lugar? ¿Qué se supone que debe hacer él?

‹Zombis aquí y allá›

Daniel y yo estamos perdidos. La policía ignora las llamadas (ahora están de parte de los Masters y les da igual lo que nos pase), mientras que el abuelo y la Menisco no cogen el teléfono ni leen nuestros mensajes. Espero que estén a salvo.

Es la situación ideal cuando tienes un montón de zombis en el jardín deseando sorberte los sesos.

—Los Masters están enviando frecuencias cerebrales para que los demás nos ataquen. Tengo que conectarme a MultiCosmos y detenerlo.

—¿Conectarte ahora? —exclama histérico mi hermano—. ¡¿Con lo que está pasando?! Y ya puestos, ¿por qué no grabas un videotutorial para tu canal? «Cómo me zamparon los zombis por ser tonto».

—Si tú no hubieses creado un macroevento para tu fiesta, ¡ahora no estaríamos así! —Los gemidos de los zombis llegan por la escalera. Ya están en casa y suben a por nosotros. Empujo el sofá del desván para bloquear la trampilla. Eso los entretendrá un rato—. Los drones, los zombis, la guerra... todo ha salido de MultiCosmos y es allí donde tengo que volver para ponerle fin.

Daniel va a responder, pero no tiene otro plan mejor.

—Está bien: protegeré la puerta para evitar que pasen. Métele caña a MultiCosmos.

Vuelvo al ordenador, donde había dejado a mi avatar flotando en el espacio con Mai. Encuentro a mi amiga muy asustada.

—¿Qué pasa? —pregunto en boca de mi avatar.

—¡Me has asustado! De pronto te has quedado callado y no respondías a nada. —Claro, porque estaba haciendo cosas en el mundo real. Es lo que pasa cuando unos zombis entran en tu casa. Se lo voy a decir a Mai, pero el avatar señala hacia un lado del espacio y chilla—: ¡¡¡Los pringosos vienen hacia aquí!!!

¿Es que no me pueden dar ni un respiro? Estamos perdidos en medio del espacio, nadando como perritos para llegar a un Transbordador, y para colmo unos pringosos aparecen de la nada con ganas de tragarnos.

Ahora mismo me pregunto por qué en su día no preferí el parchís a MultiCosmos. Desde luego, estaría mucho más tranquilo.

El Transbordador está demasiado lejos. Los pringosos nos tragarán antes de que podamos alcanzarlo y odiaría convertirme en uno de ellos.

—¿Tienes algún plan? —me pregunta Mai, que ha sacado un par de aletas espaciales para impulsarnos más deprisa. Es inútil, nunca lo conseguiremos.

Esos Mobs con pinta de moco fluorescente se dirigen rápidamente hacia nosotros. Si fuésemos un poquito más rápido... El primero de ellos estira los brazos y se relame los labios. Da pena pensar que antes fue un Cosmic como los demás: al verlo con su aspecto actual entran ganas de vomitar.

Vomitar. Suelto una carcajada por la idea que se me acaba de ocurrir. Mai no sabe qué me pasa, ni entiende por qué saco del inventario un bote con potaje de java. Es la especialidad del bar de Ona, pero a mí me provoca gases como para inflar un zepelín. Jamás he probado más de una gota. No quiero imaginar las consecuencias de tragar un plato entero.

Tengo que hacerlo. No queda más remedio.

Me trago lo que queda de potaje de un sorbo y espero a que surta efecto. Enseguida el estómago de mi avatar sufre una convulsión parecida a la de un coche de Fórmula 1. Mai me mira sin comprender.

—Yo que tú me taparía la nariz.

La abrazo y, una vez la tengo bien sujeta, suelto el pedo más atronador y gaseoso de la historia virtual.

Un pedo con suficiente combustible como para lanzarnos disparados hacia el Transbordador. Los pringosos se quedan con las ganas.

—¡¡¡Aaaaaaaaaaaaaaaaaaaaaaaaah!!! —gritamos Mai y yo mientras surcamos el espacio a velocidad de pedo ultrarrápido. Dudo que sea el mejor modo de seducir a una chica, pero ante situaciones desesperadas, uno debe tomar medidas más desesperadas todavía.

Unos segundos después chocamos con la puerta del Transbordador y la echamos abajo. Estamos dentro. Lo hemos conseguido.

‹La venganza de Su Masteridad›

Spoiler no ve nada en el interior de la casa que pueda identificar. ¿Será el planeta de G0dNeSs? Ojalá no lo sea: teme encontrarse con uno de sus Mobs superpeligrosos. ¿El de Mr Rods? ¿Quizá el de Mc_Ends? Cualquiera de los tres villanos le causa terror.

O el de Nova. Su Llave Maestra sigue en paradero desconocido.

Sea quien sea el dueño del planeta, no sabe que Spoiler está aquí. El ninja sube unas escaleras de madera, con la pistola de bolas preparada para atacar, pero no se cruza con nada ni con nadie.

Las escaleras están repletas de fotografías. En una se ve a una niña con el pelo hirsuto; en otra, a unos jóvenes universitarios... También hay vídeos enmarcados de los primeros días de MultiCosmos.

Y de pronto, Spoiler se ve a sí mismo en la pared.

Es su mismo avatar, con su inconfundible nick sobre la cabeza. Apenas se le ve en la imagen, que corresponde a los primeros días del planeta δ, pero su indumentaria de ninja no deja lugar a dudas.

El Spoiler del pasado está construyendo el mismo planeta en el que se encuentra ahora, a juzgar por el baobab gigante a medio plantar. Va cargado con pico y pala. Era un constructor virtual. Quien tomó la fotografía quería recordar cómo era δ antes de su aspecto actual. Su padre tan sólo era un elemento más de la imagen.

El chico empieza a comprender. Es habitual que los jugadores poderosos encarguen la construcción de sus planetas a otros Cosmics. Es una tarea demasiado pesada para los peces gordos. El Master dueño de este planeta debió de pagar a Spoiler padre para ello.

Y eso explicaría algo más: por qué su padre tenía acceso al planeta. Un acceso que, quizá, el dueño de la casa olvidó cancelar.

Hay tantas cosas de su padre que desconoce...

Pero ahora no es momento de pensar en su padre. Está en el planeta de uno de los Masters y tiene que investigarlo.

Al llegar al final de la escalera escucha una voz enérgica dando órdenes a destajo. Se asoma por la puerta y ve el avatar de una mujer vestida con toga blanca y el pelo alborotado.

La dueña del planeta que construyó Spoiler padre no es GOdNeSs ni Mc_Ends ni Mr Rods.

La dueña del planeta es Enigma, la líder de los rebeldes.

Spoiler piensa en dar un paso para saludarla (están en el mismo bando, ¿no?) cuando escucha algo que lo hace detenerse en el último peldaño de la escalera.

—¿Es que no sabes quién manda aquí? —La Master rebelde está hablando con otro rebelde por el Comunicador. El holograma de su interlocutor, un Cosmic con uniforme militar, tiembla al escuchar a su superiora.

«Así que fueron los rebeldes —comprende Spoiler, petrificado—. Fueron ellos quienes masacraron el planeta por orden de Enigma.»

Los dos bandos se responsabilizaban entre sí de la destrucción de Burocrápolis. Ahora tiene la prueba de quién es el verdadero culpable.

—Su Masteridad, le ruego compasión —suplica el solda-do rebelde—: la galaxia Refugio cuenta con miles de Cos-mics inocentes. Sólo porque Celsius se haya escondido allí, no podemos...

Enigma prácticamente se abalanza sobre el holograma. Si hubiese podido, habría estrujado el cuello del rebelde entre sus manos.

—¡No pienso dejar que Celsius se escape! ¡Destruiré to-dos los planetas que haga falta para aplastarlo! ¡Disparad el arma de destrucción masiva contra la galaxia Refugio aho-ra mismo! ¡Es una orden!

Su autoridad no deja lugar a dudas. En el holograma se aprecia perfectamente cómo el soldado traga saliva con pesar y aprieta el botón rojo de un teclado.

A continuación, se escucha un sonido gutural, igualito al que se hace para escupir, pero elevado a la millonésima potencia. No es un escupitajo cualquiera: es el Escupitajo Atómico. El arma más destructora jamás creada, ahora en manos de los rebeldes.

Spoiler no se atreve a dar ni un paso. Teme que si se presenta ante Enigma en ese preciso momento, lo aplasta-rá igual que a sus enemigos.

«¡Hola, Enigma! Quizá no te hayas dado cuenta, pero ¡tengo acceso a tu planeta! ¿Mola o no mola?»

Sería una estrategia perfecta para morir.

El ataque de los rebeldes ha funcionado. Un minuto después no queda ni rastro de la galaxia Refugio.

—El Escupitajo Atómico ha impactado con éxito —anun-cia el rebelde después del rato más tenso que Spoiler ha vivido jamás. No parece nada feliz por la noticia—. La galaxia Refugio ha sido eliminada junto con los 2.493.261 Cosmics que la habitaban.

—En todas las guerras hay víctimas colaterales —dice Enigma con indiferencia—. ¿Y Celsius? ¿El esbirro de los Masters traidores ha sido eliminado?

—Afirmativo —confirma el soldado, que todavía está pensando en los otros 2.493.260 Cosmics que han desaparecido sin saber por qué. Spoiler imagina a los usuarios delante de sus ordenadores, tabletas o móviles, leyendo en la pantalla el mensaje de «Has sido eliminado», sin posibilidad de empezar de nuevo ni entender qué ha pasado—. El Administrador Supremo ha sido eliminado para siempre.

‹La pedida›

La velada en el restaurante La Romantique no podría ir mejor. Y es que el abuelo tiene planes para esta noche. Sólo que la Menisco también, y no están sincronizados.

Después de disfrutar de una cena deliciosa, y cuando únicamente les faltan los postres, el abuelo decide que ha llegado la hora de dar el paso. Hace meses que queda con la profesora de matemáticas de su nieto y lo suyo va «viento en popa», como le gusta decir. Así que está decidido a pedirle matrimonio esta misma noche, a la luz de las velas.

El problema es que no lo consigue verbalizar.

—Jacinta, tengo algo importante que decirte —anuncia él.

—Yo también, Gerardo. Quiero pedirte...

—No, quiero pedírtelo yo primero.

—¡Espera, me toca a mí!

—No, a mí.

Y así durante diez minutos, como un juego de pimpón, sin que ninguno de los dos dé el paso. Al final, la Menisco se rinde y deja que el abuelo hable primero.

Éste se aclara la garganta y se pone de rodillas, aunque enseguida tiene que volver a sentarse porque la cadera le cruje más que la escalera de una casa fantasma.

—¿Vas a decirlo ya o qué? —insiste la Menisco con el mismo tono que pide los deberes a sus alumnos.

—Eeeh, claro. Quiero pedirte... quiero pedirte...

Las mesas de alrededor contienen la respiración. Todo el restaurante está esperando el momento de la pedida de mano.

—¿Qué quieres pedirme? —La anciana está expectante.

El abuelo termina la frase por fin:

—Quiero pedirte... un tiramisú de frambuesa —suelta de pronto. Está rojo de la calva a los pies.

Por la cara que pone la anciana, esta petición era lo último que esperaba oír. El resto de los comensales vuelven a sus asuntos, decepcionados.

—Odio la frambuesa —murmura la Menisco—. Pediré un sorbete de limón.

El abuelo se siente tan avergonzado que se excusa para ir al baño. Una vez allí, se golpea la cabeza. «¿Cómo he sido tan cobarde? ¡Justo cuando estaba a punto de pedirle matrimonio!»

La Menisco se siente igual de frustrada. Aprovecha la visita del abuelo al aseo para comprobar los mensajes del Comunicador:

Tienes 1 mensaje nuevo

Se queda helada. Su alumno de matemáticas, y nieto del abuelo, le ha escrito un mensaje de socorro.

Aunque es el mensaje de auxilio más extraño que ha visto jamás.

¡Auxilio! ¡Una horda de zombis nos quiere sorber los sesos!

A la Menisco se le quitan de golpe las ganas de tomar un sorbete de limón. Tiene que actuar.

‹La llave perdida›

Mai y yo estamos recuperándonos en el suelo del Transbordador. El vehículo público está de ruta por la galaxia trasladando a los Cosmics que no se pueden permitir una cuenta PRO. En su interior hay una familia de Cosmics con la cabeza cuadrada y una anciana reptiliana. Los pobres se han llevado un susto de infarto al vernos entrar como un proyectil en el vagón.

—Casi no llegamos —digo para excusarnos. Marco el destino en el panel y nos sentamos junto a la caja del extintor. Una parejita ha escrito en el cristal «Ojito ♥ Pucherita» con fecha de hace diez años. Este tren es más viejo que las arrobas.

Decora el cristal con grafitis:

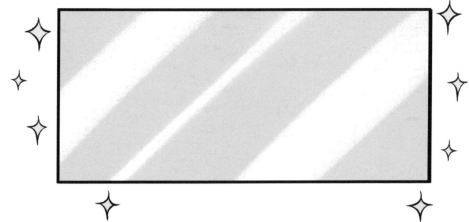

Los pasajeros del Transbordador se olvidan de nosotros y vuelven a sus asuntos. Reparo en que la familia lleva un montón de maletas y están en completo silencio. Parece que están de mudanza.

—Son emigrantes en busca de un planeta mejor —me susurra Mai para que no la oigan—. Son las consecuencias de la guerra de MultiCosmos.

Queda una hora para la medianoche, momento en que los malos tomarán definitivamente el control de la humanidad. Siento que he fracasado en mi misión: Enigma confió en mí para encontrar la Llave Maestra de Nova, pero vuelvo con las manos vacías.

Repaso mentalmente todos mis pasos, pero sigo sin comprenderlo: hemos seguido al Master desde el planeta Trol hasta Brrrrrr. No lo perdimos de vista ni un instante. ¿Dónde repíxeles pudo esconder la llave, si estuvimos pegados a él en todo momento?

Lo único que nos queda es reunirnos con los rebeldes para luchar hasta el último aliento. Aunque cuando viajas en un tren a velocidad de tortuga, es imposible llegar antes del amanecer. Nunca entenderé por qué el Master prefería usar siempre el Transbordador en vez de vehículos mucho más rápidos. Así es normal que lo llamasen el «Master rarito».

—Pase lo que pase, lucharemos unidos hasta el final —me dice Mai para tranquilizarme. La Cosmic me pone una mano sobre la rodilla—. Estamos juntos en esto, ¿no?

Tengo que usar un comando de solidez para no derretirme en este preciso momento. Mai me gusta mucho. Y eso que me he tirado un pedo propulsor a su lado.

Siento ganas de besarla. De dar el primer beso que he dado a una chica (aunque sea un avatar, pero si algo me ha enseñado Mai, es que no existen dos mundos, sólo uno). No sé muy bien cómo hacerlo. Es como silbar, pero sin soltar el aire.

Pongo morritos, me armo de valor y empiezo a acercarme a ella. Mai ni siquiera se da cuenta de mis intenciones. Esto es muy patético.

—¿Puedes hacerme caso? Es que te quiero besar.

Mai reacciona con sorpresa, pero antes de que pueda hacer nada, reparo en la vitrina del extintor de incendios que tiene detrás.

Y los engranajes de mi cerebro vuelven a funcionar.

ABRIR EN CASO DE EMERGENCIA

Nadie ha abierto la vitrina en años. Es curioso que el cristal de un extintor de emergencia sea irrompible, como descubrí ayer cuando unos gamberros intentaban romperlo. Qué raro.

Y entonces, por fin, caigo en la cuenta de que todo este tiempo he tenido la respuesta delante de mis narices: es verdad que seguimos a Nova por el pasado, pero no le prestamos atención mientras viajábamos en el Transbordador del planeta Trol a Brrrrrr. La presencia de Mai me hizo bajar la guardia. Pensaba que el Master no haría nada durante el viaje.

Y lo más importante: Enigma estaba convencida de que Nova escondería la llave en un elemento de su creación.

Fue el autor de las copias de seguridad del pasado, y por eso fuimos hasta allí en su búsqueda. Pero Enigma no le dio importancia a otra creación del Master, quizá porque la consideraba menor: el Transbordador.

«Escondí la llave en un rincón secreto de MultiCosmos, un escondite al que deberás llegar en caso de emergencia.» En caso de emergencia. Esas palabras estaban llamando nuestra atención desde el extintor del Transbordador y las hemos ignorado todo este tiempo.

Ahora todo cobra sentido.

—¿Qué pasa? —pregunta Mai. Primero me ve poniendo morritos y después absorto con el extintor de emergencia.

—Creo que ya sé dónde está la llave de Nova.

Me levanto con cuidado y camino hasta la vitrina del extintor. No puedo creer que lo haya pasado por alto hasta ahora. El Master dio con el mejor escondite de todos; cualquier Cosmic presumido evitaría el Transbordador bajo cualquier circunstancia.

ABRIR EN CASO DE EMERGENCIA, invita el letrero.

—Salvar MultiCosmos —digo en voz baja— se puede considerar una emergencia.

Intento romper el cristal sin éxito. La espada binaria rebota contra mi cabeza y me provoca un chichón instantáneo. No me rindo, e intento quitar el cristal haciendo palanca con el borde.

Se escucha un clac, el cristal se descuelga y el extintor queda al descubierto.

Y ese extintor ya no es un extintor. Se ha transformado en una Llave Maestra con forma de humo. La superficie ondula y echa volutas, pero tiene la forma incuestionable de una llave. Estiro mi mano de avatar hasta tocarla y hacerme con ella.

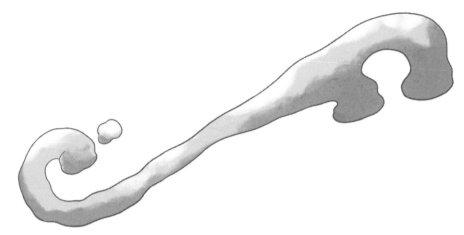

Tienes un nuevo objeto en tu inventario:

Llave Maestra de Nova

‹Mob Altamente Inteligente›

Abro el Comunicador y lanzo un mensaje directo para Enigma y Amaz∞na.

—¡No os lo vais a creer! ¡Ya tengo la llave!

Estoy eufórico. ¡Lo he conseguido! ¡¡¡Tengo una Llave Maestra!!!

Toda celebración que se preste merece el baile de la zarigüeya. Por desgracia, ni Mai ni los demás viajeros parecen impresionados. Más bien, todo lo contrario.

—¿Qué pasa?

Mai señala la ventana del otro lado del Transbordador para ver qué es lo que miran todos los viajeros.

Un montón de pringosos se acercan al Transbordador mucho más rápido de lo que funciona este trasto.

La familia de cabecicubos estalla en gritos mientras que la anciana del primer asiento se pone a rezar. Esto me pasa por cantar victoria antes de tiempo.

—¿Qué posibilidades tenemos de sobrevivir a los pringosos? —le pregunto a Mai. Ésta se concentra y me da una respuesta en medio segundo:

—Exactamente 0,0004 %.

El esfuerzo no ha servido para nada. Vuelvo a fracasar en la misión. Y mientras pienso cómo se lo voy a decir a los demás, Amaz∞na me reclama desde la holopulsera. Reactivo el Comunicador.

Yo: Espero que sea importante.

Amaz∞na: ¿¡Por qué no lees mis mensajes!? Llevo horas intentado contactarte. ¡He reobado la Llave de Mr Rods de los servidores de la web! Pero eso no es lo más fuerte: ¡los Masters han enviado el Mob más peligroso del mundo contra ti! ¡¡¡Debes protegerte!!!

Yo: Gracias por avisar, pero ya conozco a los pringosos. Están a menos de un minuto de aquí.

Amaz∞na: Los pringosos no son el Mob invencible que esperábamos, son sólo su versión anterior. Hay una más peligrosa todavía.

OMG. Ahora sí que estoy temblando.

Yo: ¿Me estás diciendo que hay algo todavía peor?

Amaz∞na: Sí, mucho peor. G0dNeSs me lo reveló en la Antártida. Los pringosos son sólo una versión de prueba, una broma al lado de lo que creó después. Es un Mob altamente inteligente que se hace pasar por humano y que, según la Master, va detrás de ti para arrebatarte la Llave en el último instante. ¡¡¡Ten mucho cuidado!!!

En el espacio no se escuchan ruidos. Si quieres, puedes disfrutar del silencio más absoluto. Así me quedo yo ahora, después de cortar la comunicación y asimilar las palabras de Amaz∞na. Un Mob altamente inteligente creado expresamente para engañarme, para traicionarme.

Mob Altamente Inteligente.

M. A. I.

Mai.

Tiene que ser un error. ¿La chica que me gusta es en realidad... un Mob?

Cuando la vuelvo a mirar, Mai ya no es la simpática Cosmic de antes. Sus ojos emiten una luz siniestra y sonríe con maldad.

—Devuélveme esa llave, Destrozaplanetas.

Ni siquiera habla ya como Mai, sino que su voz es igualita a la de G0dNeSs, su legítima dueña.

—Por encima de mi cadáver.

—Convertirte en un cadáver: eso es justo lo que voy a hacer.

Le basta un simple golpecito con el dedo para arrojarme contra la pared del Transbordador y provocar una abolladura de campeonato. Mi barra vital queda al mínimo.

Intento reponerme mientras Mai vuelve a por mí. No ha tenido suficiente con el primer golpe.

—Sólo un idiota se habría dejado engañar por un truco así. Apuesto a que incluso te has enamorado de Mai, ¡ja! —se burla G0dNeSs. Aunque hable a través de la boca del Mob, su voz es inconfundible—. La creación de los pringosos era mi mayor hito hasta hace poco: Mobs capaces de convertir en Mobs a otros usuarios. Una genialidad que he exportado al mundo real. ¿Has visto los zombis que han entrado en tu casa? Son más de lo mismo, y no tardarán en llegar hasta ti.

El Mob me propina un golpe con la vara que me lanza contra el otro extremo del Transbordador, justo al lado de la ancianita. Ésta se encoge en su asiento, asustada.

—Pero los pringosos tenían un inconveniente, y es que no se podían infiltrar entre los rebeldes —prosigue—. Por eso desarrollé a Mai, un Mob capaz de adoptar el aspecto

de tus deseos, con un carácter que se amolda a ti minuto a minuto. Y al mismo tiempo, tan poderoso que podría tumbar galaxias enteras. Es el inicio de una nueva y espeluznante era.

—No puedo creer que Mai me engañase —digo furioso. Mi avatar está herido. No sabía que pudiese sangrar.

—Oh, no te engañó. —GOdNeSs suelta una risita que me abrasa los oídos—. Eso es lo más extraordinario de Mai: la programé para que creyese que es una persona *de verdad*. Para ella, MultiCosmos es todo lo que hay. Le instalé recuerdos ficticios y la empujé hacia ti. La creé para que te quisiese y así confiases en ella. Qué divertido era cuando

213

te desconectabas y te volvías a conectar. Ella pensaba que estabas durmiendo.

Apenas puedo creer la historia. No soy el único engañado en esta farsa: Mai también fue utilizada por GOdNeSs para su conveniencia. La Mob ni siquiera sabía que era una Mob. De pronto cobran sentido todas nuestras conversaciones: «MultiCosmos es real», «No me imagino nada fuera de aquí», «¿Crees que existe algo más que MultiCosmos?». Mai no era una Cosmic con tendencia a filosofar. Era una Mob que no comprendía lo que era.

GOdNeSs se vuelve hacia mí. Odio que ocupe el cuerpo de mi amiga. Me agarra del brazo y me lanza contra el techo del Transbordador. Caigo al suelo con un simple ♥ de vida.

—Mai... —susurro con un hilo de voz. Me niego a aceptar la victoria de los Masters. Me niego a aceptar que mi amistad con la Mob no fue real—. Mai.

Alrededor del Transbordador, un centenar de pringosos embisten las ventanas para devorarnos y convertirnos en unos monstruos como ellos.

—Voy a acabar contigo, Destrozaplanetas. Y después conseguiré la llave.

De repente la puerta del desván recibe una embestida. Los zombis invitados han conseguido subir las escaleras y llegar hasta aquí. ¿Es que no puedo tener un minuto tranquilo?

—¡¡¡Ya vienen!!! —chilla Daniel.

Tenemos que actuar.

Regreso a MultiCosmos y me encaro a G0dNeSs cuando está a punto de masacrarme:

—¿Me concedes un minuto? Tengo un lío tremendo en casa.

—¿Bromeas?

—Principios MultiCósmicos, apartado B: «No atacarás a un avatar mientras su usuario está ausente». ¡Son las normas!

—Maldita sea —refunfuña Mai/G0dNeSs y se cruza de brazos—. Está bien, ¡esperaré! Pero no más de un minuto.

Me olvido momentáneamente del ordenador y corro a la ventana. La puerta no resistirá mucho tiempo y necesitamos una salida. Abajo, en el jardín, hay un centenar de zombis esperándonos con los brazos abiertos.

Tendremos que salir por el tejado.

—¡¡¡Comeos a mi hermano!!! —lloriquea Daniel—. ¡¡¡Yo no sé nada de MultiCosmos!!!

—¡Ven conmigo, mendrugo!

Daniel gatea hasta mí. Soy el primero en salir por la ventana. El tejado está a un metro de distancia. Solamente tengo que darme un poco de impulso y...

¡Zas! He alcanzado el tejado. Con la fuerza de mis brazos levanto mi propio peso y me dejo caer sobre las tejas.

Daniel me mira acobardado desde el hueco de la ventana. La puerta del desván tiembla detrás de él.

—No me atrevo, hermanito. Tengo miedo...

—Tienes que saltar. Los zombis entrarán de un momento a otro.

—¿Y si me caigo?

La puerta se viene abajo y un montón de zombis entran en el desván.

—Imagina que te está viendo la chica que te gusta.

Eso parece animar a Daniel, porque se arma de valor y salta hasta el tejado. Consigo agarrarlo a tiempo y lo ayudo a subir. Un segundo después, los zombis se asoman por la ventana, frustrados porque no pueden llegar hasta nosotros.

Por poco.

Tengo una tarea pendiente. Saco el móvil del bolsillo y retomo el avatar donde lo había dejado.

Justo cuando G0dNeSs iba a matarme.

‹Más poderoso que nada›

—¿Por dónde íbamos? —le pregunto a Mai/GOdNeSs. El Mob de destrucción está furioso por la espera—. ¡Ah, sí! Ibas a matarme. Lástima que yo no tenga ganas de morir.

Aprovecho la confusión para lanzar una bomba de humo y huir entre sus piernas. El Mob tarda sólo dos segundos en reaccionar, me agarra a tiempo por el cuello y me levanta varios palmos sobre el suelo. Es el cuerpo de mi amiga Mai, pero esa mirada de odio sólo puede ser la de GOdNeSs. Sus ojos parecen dos focos de luz cuando es la Master quien la controla.

—¿Adónde crees que vas, ratita? —El Mob me da varias vueltas en el aire para que la cara se me ponga del revés—. Ahora acabaré contigo, y en cuanto desaparezca tu avatar, tendré la Llave Maestra de Nova para mí. Gracias por ser tan estúpido como para dejarte engañar por un Mob como Mai.

Eso me ha dolido. Mai no era una Mob como los demás; de hecho, es la Mob más maravillosa que he conocido jamás.

—Nunca serás la mitad de buena de lo que fue Mai —le suelto a GOdNeSs furioso—. Tu creación es mucho mejor que tú.

Mis palabras rebasan la paciencia de la Master y se da impulso para arrojarme contra el cristal, pero de pronto se relaja y desaparece el brillo intenso de sus ojos. Por una milésima de segundo, me parece ver en ella a la Mai de la que me enamoré.

Y está hecha polvo. Me mira con una mezcla de miedo y disculpa. La conexión entre los dos es automática.

Pero enseguida vuelve a poseerla G0dNeSs.

—Mi creación será lo que yo quiera que sea —responde burlona.

Me da una patada en todos los píxeles. ¡Ay!

Pero el reflejo de Mai me ha dado esperanza. Es posible que la Mob esté luchando por controlar el avatar. Tengo que ayudarla.

—¡Mai! ¡Pégale fuerte a G0dNeSs! ¡Eres mucho mejor que ella!

Mai/G0dNeSs suelta una carcajada, pero la risa se le congela en los labios. De nuevo, el brillo de la Master desaparece de sus ojos.

Mai empieza a poner caras muy raras. Como batalla final es bastante cómica.

—¡Fuera de aquí, Mob! —Le cambia la voz—. ¡Vete tú, villana! —Otra vez cambia—. Eres solamente un código de programación. —Nuevo cambio—. ¡Puede que sea solo un código de programación, pero estoy segura de lo que siento! ¡Y no quiero servirte a ti, G0dNeSs!

Finalmente termina el tira y afloja. El avatar cae al suelo, derrotado. Está recuperándose del esfuerzo de tener dos almas.

—¿Mai? —pregunto asustado. No sé cuál de las dos ha ganado, si mi amiga o la Master—. ¿Estás bien? Si eres GOdNeSs, dímelo ya y echo a correr.

La Cosmic levanta la cabeza y me mira. Reconocería esos ojos entre un millón de avatares. Es la auténtica Mai.

—¡Lo siento! —me dice abrazándome—. ¡No quería hacerte daño!

—Sé que tú eres buena. GOdNeSs ha reconocido que tus sentimientos eran sinceros. Sentimientos Mob —matizo—, pero sinceros.

—Pensé que MultiCosmos era todo cuanto existía —admite con el rostro desencajado—. Creí que yo era real.

Ahora soy yo quien la abraza. El gesto pilla a Mai por sorpresa.

—¿Es que este mundo no es real? ¿No son reales las emociones, las aventuras y... el amor?

Mai vuelve a sonreír. Toma la iniciativa y me besa.

Si mi avatar no explota en este momento, es porque he liberado gases unos minutos antes. La Mob se pone en acción enseguida.

—GOdNeSs no tardará en volver a controlar mi cuerpo, y entonces acabará contigo. Antes debemos solucionar un problemilla.

—¿Qué problema? —Estoy subido a una nube. El efecto de ese beso me va a durar años.

—*Ese* problema. —Mai señala los cristales del Transbordador.

Los pringosos que rodean la nave dan una última embestida y logran romperlos. La familia de pasajeros chilla y la anciana les ataca con el bolso, pero es inútil. Enseguida la convierten en un pringoso como ellos y se transforma delante de nuestros ojos. Es una imagen horrible. El próximo seré yo.

—Son invencibles —digo en un susurro. A mi lado, Mai me aprieta con fuerza la mano—. Es nuestro fin.

—Si G0dNeSs ha dicho la verdad, estos Mobs son una versión anterior a mí. Soy energía concentrada. No pierdo nada por intentarlo.

—¿Intentar qué?

Mai empuja a la familia de Cosmics a mi lado y nos quedamos todos muy juntitos, mientras los pringosos dan vueltas a nuestro alrededor esperando el instante preciso para atacarnos. Pero la Mob tiene otro plan: se coloca en la postura de la flor de loto y empieza a levitar.

—¿Seguro que es el momento de practicar yoga? —le pregunto mientras los pringosos se acercan cada vez más.

Mai está como ausente. Su cuerpo flota sobre el suelo y el cabello se le agita movido por una corriente invisible. Su piel emite un extraño calor. En un abrir y cerrar de ojos, la Mob nos encierra a la familia de Cosmics y a mí en una burbuja de seguridad. Intento salir a ayudarla, sin éxito.

—¿Qué vas a hacer? —pregunto aterrado—. ¡Libérame!

El brillo de Mai se intensifica, su cuerpo tiembla como una brizna de hierba en medio de la tormenta. Los pringosos retroceden asustados, mientras Mai concentra cada vez más energía del ambiente. Las luces del Transbordador saltan por los aires y los cristales rotos salen disparados. La burbuja nos protege a los otros Cosmics y a mí.

La Mob se vuelve por última vez y me dedica una mirada llena de sentimientos.

—Hasta siempre —pronuncia de pronto. Es un mensaje exclusivo para mí. Sus palabras me torturan vivo—. Has sido el mejor amigo que he tenido jamás.

Y, de pronto, la esfera de luz estalla en todas las direcciones y pulveriza todo a nuestro alrededor.

Arrasa a los cientos de pringosos que nos rodean hasta hacerlos desaparecer.

Arrasa las paredes del Transbordador y las convierte en polvo de píxel.

Arrasa hasta el planeta más próximo, la galaxia entera se sacude y el temblor se siente hasta en los cofines de la red.

‹Ancianos al rescate›

Spoiler siente el temblor en el planeta δ. La ola expansiva también llega hasta el planeta Beta, donde Amaz∞na espera preocupada a sus amigos. En el mundo físico, los aparatos electrónicos parpadean y dejan de funcionar durante unos segundos. La conexión entre los dos universos se ha estrechado tanto que las farolas se apagan cuando la Menisco y el abuelo cogen a toda velocidad la calle.

La Menisco sólo ha necesitado unos minutos para quitar la funda al sidecar de su juventud e ir al rescate de los chicos. El abuelo intenta descifrar los mensajes de auxilio.

—¿Seguro que ha dicho que había zombis en casa? ¿No serían Furbies?

La anciana gira el manillar para acelerar. Sabía que las cosas se iban a complicar, pero no esperaba que fuese tan pronto.

El sidecar no puede llegar hasta la casa. La calle está asediada por zombis en un radio de cincuenta metros. La Menisco no tiene duda de que las holopulseras de sus muñecas están provocando este espectáculo tan extraño. Cuando uno de los zombis se acerca con intención de chuparle el cerebro, la anciana desenfunda el látigo que había guardado de sus vacaciones en Egipto, cincuenta años atrás, y que es el mismo que utiliza su avatar Corazonci-to16.

—¡No des ni un paso más!

La Menisco propina un latigazo a una papelera de metal y la aplasta como si fuera una lata de refresco. La demostración hace retroceder a los zombis.

El abuelo lucha entre morirse de miedo y no enamorarse todavía más de la Menisco. Tanta valentía lo vuelve loco.

—¡Ahí están! —dice de pronto.

Sus nietos se han subido al tejado para huir del ataque zombi. Los chicos no se dan cuenta, pero una nube de drones se acerca a toda velocidad para terminar por el aire lo que los zombis no han logrado por tierra.

Está claro que los Masters se han propuesto acabar con el Usuario Número Dos antes de medianoche.

Armado de valor, el abuelo corre hasta la puerta del garaje y vuelve con un maletín pesado. Ni un zombi se le acerca.

—¿Qué has hecho para que no te ataquen? —pregunta intrigada la Menisco.

—Me he quitado la dentadura y han huido de mí —responde con guasa.

El ejército de drones está casi sobre el tejado, pero los dos ancianos no van a consentir que los malos se salgan con la suya. Cuando el primero de los drones va a atacar a los nietos, que ni siquiera han reparado en ellos, recibe un impacto que lo derriba y arroja al suelo.

Lo mismo con el siguiente. Impacto y derribo.

Rápidamente, la Menisco y el abuelo van lanzando una a

una las pesadas bolas de petanca hasta que no queda ni un solo dron en el aire.

—Escúchame bien, Gerardo: si salimos de ésta, ¡pienso casarme contigo! —le propone la anciana.

El abuelo asiente, obediente. Es la pedida de mano más rocambolesca de la historia.

Extrañamente, su nieto más joven no repara en nada a su alrededor. Está en el tejado, absorto con el teléfono móvil, como si en sus manos se librase el destino del universo.

En buena medida, así es.

Poco a poco, los zombis dejan de comportarse como tales para volver a ser personas normales. La frecuencia cerebral de las holopulseras ha dejado de funcionar.

Alrededor de los dos ancianos se concentra una enorme multitud de invitados a la fiesta que se preguntan, confusos, por qué la música ha dejado de sonar. No recuerdan nada de lo que han hecho en las últimas horas.

\<La venganza
de la creación\>

La nada. Es lo que queda a mi alrededor.

La familia de Cosmics y yo somos lo único que ha sobre-vivido a la explosión de energía de Mai, gracias a la burbuja que ella misma ha creado a nuestro alrededor. Ni pringo-sos, ni Transbordador, ni siquiera un trozo de galaxia donde revolotear. Sólo queda el pedacito de suelo de Transborda-dor bajo nuestros pies.

Mai tampoco está. Y necesito unos segundos para com-prender lo que esto implica. La Mob (todavía me cuesta pensar en ella así) ha aprovechado su naturaleza de ener-gía concentrada para revertir la situación y expulsarla a nuestro alrededor. Mai se ha sacrificado por salvarnos... Por salvarme a mí.

Mai, que vivía intensamente y ha recobrado su cuerpo por unos instantes, ha preferido desaparecer a soportar que la villana GOdNeSs la controlase.

Donde quieras que estés, te echaré de menos.

Y empiezo a llorar.

Primero es una lagrimilla, pero después un torrente como las cataratas del Niágara. Llora mi avatar y lloro en el mundo real, sobre el tejado de mi casa. Mi hermano Daniel, que en otras circunstancias se hubiese burlado de mí, me da una palmadita en la espalda y se aleja discretamente. Teme que sea contagioso.

La madre de la familia Cosmic del Transbordador saca un pañuelo para que me seque las lágrimas. Todos los miembros del clan me abrazan para consolarme.

Debo de dar mucha pena.

—Te estoy oyendo llorar —dice Amaz∞na desde la holo-pulsera. Nuestro canal privado ha estado abierto todo el rato—. Siento mucho la pérdida de tu amiga.

Esta vez no voy a hacerme el duro. Ya lo he demostrado al haber llegado hasta aquí. Sólo un valiente se habría enfrentado a pringosos, Masters y demás monstruos. No me puedo avergonzar de unas lágrimas que son reales.

Donde antes estaba Mai ahora sólo queda un torbellino de píxeles. Adiós a la Mob más increíble que conoceré jamás. Aunque Daniel se moriría de risa si supiese que me he enamorado de una especie de robot virtual.

El torbellino de píxeles toma consistencia hasta adoptar una forma sólida, y de pronto, donde antes no había nada, aparece una forma de roca negra. Está envuelta en llamas.

Me deshago educadamente de la familia Cosmic para ver el objeto de cerca. Mai ha dejado una Llave Maestra.

Cada Master escondió su llave en un ejemplo de su creación. Nova en el Transbordador, Mr Rods en los servidores... y GOdNeSs, la genio de la inteligencia artificial, la ocultó en un Mob.

Uno invencible, salvo por un pequeño error: GOdNeSs no contó con que Mai podría destruirse a sí misma para vengarse de su creadora.

Todavía estamos a tiempo de parar esta guerra. Con el corazón palpitando a mil por hora, toco el objeto.

Tienes un nuevo objeto
en tu inventario:

Llave Maestra de GOdNeSs

Llamo a Enigma de inmediato. Todavía tenemos una oportunidad de ganar la guerra.

<Teleinventario>

En el planeta δ, Enigma suelta un vítor de celebración. Spoiler observa todo desde su escondite esperando la ocasión de escapar sin que la dueña del planeta se dé cuenta de su presencia.

—¡Tengo las cinco Llaves Maestras! —brama eufórica. La Master no se cree su suerte. El Destrozaplanetas le acaba de comunicar que ha conseguido la última llave que le faltaba. Se ha terminado la guerra.

—No sabes lo que he tenido que hacer para conseguirla —le dice su amigo desde el holograma—. Molaría que me regalases una galaxia por los servicios prestados...

—Sí, sí, lo que tú digas —le interrumpe Enigma—. Traedme las llaves inmediatamente. Los rebeldes os escoltarán hasta el planeta Aa para que podamos abrir el Panel de Control y devolver la paz a MultiCosmos.

En cuanto Enigma corta la comunicación con el Usuario Número Dos, hace una segunda llamada. Un alto mando del bando rebelde descuelga enseguida:

—¿En qué puedo ayudarla, Su Masteridad? —pregunta con un ligero temblor en la voz. Spoiler no lo culpa: Enigma empieza a dar miedo.

—Los chavales ya se han hecho con las Llaves que me

faltaban. ¡Ha sido tan fácil utilizarlos...! Todo el mundo estará atento a la retransmisión del evento en que me convierto en la Master Suprema, pero tengo una misión para ti para mientras tanto.

«¿Master Suprema? ¿Ha utilizado a mis amigos?» A Spoiler le duele sólo de oírlo. Pensaba que cuando Enigma llegase al poder, sería más amable que los villanos, y no más de lo mismo.

No pierde ni una palabra de lo que la líder dice a continuación:

—En cuanto comience mi coronación como nueva ama y señora de MultiCosmos, quiero que disparéis el Escupitajo Atómico contra todos los planetas que nos han plantado cara. No puede quedar ni un solo seguidor de los Masters con vida.

El rebelde tarda unos segundos en reaccionar.

—Su Masteridad... Eso implicaría destruir más de tres mil planetas, con sus respectivos millones de Cosmics. La orden tiene que ser un error.

—No es ningún error. —Enigma aprieta los puños—. Que tiemblen nuestros enemigos: seré implacable con ellos.

La Master corta la señal y se dirige a un armario de plata que se halla en la habitación. En el interior hay dos objetos: un hueso tallado con dientes en un extremo y un pedazo de madera de diseño rústico con aspecto similar. Ambos tienen forma de llave ornamental. Enigma confirma que están en su sitio, vuelve a cerrar la puerta sin ningún tipo de seguridad y se desvanece del planeta δ con un simple comando de teletransportación.

Se ha ido sin que Spoiler tenga la ocasión ni el valor de saludarla. Bien pensado, él tampoco sabía cómo se habría tomado el hecho de verlo en su planeta privado, allí donde nadie debería entrar jamás.

Spoiler está seguro de una cosa: esos objetos raros tienen que ser las Llaves Maestras. La que Enigma robó a Mc_ Ends días atrás y su propia llave, guardadas en un simple armario sin candado en un planeta donde nadie podría acceder jamás.

«No es un armario normal —comprende Spoiler, que ha apreciado su brillo interior—. Es un teleinventario.»

El Cosmic ha oído hablar de ellos. Los teleinventarios son unos inventarios que usan algunos jugadores poderosos; normalmente el inventario acompaña al jugador, ya sea en una mochila o en una riñonera, pero los teleinventarios son armarios que el avatar puede guardar donde desee, ya sea en su planeta o en un rincón secreto, y al que pueden acceder metiendo la mano en un bolsillo mágico.

Spoiler echa un vistazo al interior del teleinventario: la parte superior tiene una rendija que está conectada a distancia con la toga de Enigma. La Master solamente tiene que estirar la mano allá donde esté y puede sacar cosas del teleinventario de su planeta.

Estos armarios son geniales para guardar objetos de alto valor. Así Enigma no tiene que salir con las Llaves Maestras de casa, sino que solamente las cogerá cuando las necesite de verdad.

Claro que estos armarios tienen sentido si nadie más puede entrar en el planeta en el que vives. Spoiler solamente necesita estirar la mano para llevarse las llaves. ¿Cómo pudo olvidarse Enigma de eliminar los permisos de acceso a su padre, el constructor del planeta?

Entonces las palabras de Enigma cuando la conoció resuenan en su cabeza:

«Nunca presto atención a los Cosmics del montón», le dijo cuando se la presentó su amigo. La soberbia de la Master le hizo olvidar al obrero que la ayudó a construir su planeta, así como el hecho de que éste conservase los permisos para entrar después de completar el trabajo.

Spoiler empieza a comprender. Los rebeldes K@l y Aren@ le dieron la pista:

«Tu padre fue uno de los primeros en advertir de los abusos de los Masters. Antes de desaparecer, nos dijo que tenía la clave para derrocar a los Masters si las cosas se ponían feas. Ahora que la guerra es una realidad, te necesitamos para detener el desastre».

Spoiler ha tenido que observar a Enigma a hurtadillas para comprender su misión. No es que su padre tuviera un plan oculto para detener a los otros Masters, sino que estaba preparado para detener cualquier abuso de poder, incluido el de Enigma. Por eso mantuvo en secreto que podía entrar en su planeta cuando quisiese para arrebatarle la Llave Maestra.

Ahora su hijo va a terminar la tarea que su padre no pudo completar.

Planeta Aa
Galaxia Madre
Modo: ¿?
Cosmics conectados: 1

<La última Puerta>

Después de la explosión de Mai, las fuerzas del ejército de los malos se debilitan. Una flota de naves rebeldes me recogen del espacio y me llevan hacia la galaxia Madre, donde empezó todo. El ejército enemigo se repliega en los límites de MultiCosmos sin saber qué hacer. G0dNeSs, Mr Rods y Mc_Ends han perdido sus llaves una a una y ahora se sienten como pollos sin cabeza.

Sus soldados huyen antes de que Enigma tome represalias. Imagino a los líderes mundiales en la misma situación, preguntándose a quién deben hacer la pelota ahora.

Sidik4, HuSoyHernán y Tina Moon son algunos de los Cosmics archifamosos que se han montado en la nave para celebrarlo. Pero ni siquiera cuando ElMorenus viene a felicitarme, tengo ganas de sonreír. Nunca podré recuperarme de la ausencia de Mai.

Una orquesta de música electrónica nos recibe al alcanzar el planeta Aa, la fuente de poder de MultiCosmos. La Master rebelde me espera en la Puerta, preparada para el gran momento. Amaz∞na ha llegado antes que yo y salta a abrazarme. Desde que comenzó esta aventura, nunca habíamos pasado tanto tiempo separados.

—¡Te he echado de menos, amigo!

Le devuelvo el abrazo.

—Tenías razón con Spoiler —le digo al oído. Nunca me ha costado tanto pronunciar unas palabras—. Es un traidor.

En vez de soltarme el típico «Te lo dije», Amaz∞na me abraza con fuerza para consolarme.

—Olvídalo. Hemos ganado la guerra.

—Ejem, ejem... —interrumpe Enigma—. Está todo MultiCosmos esperando.

Enigma tiene prisa por consumar su coronación, así que nos apremia a dirigirnos a la puerta del Panel de Control. Solamente nosotros tres. Nadie más puede acceder al planeta Aa.

Los rebeldes han conectado la señal para retransmitir el evento en todos los países del mundo. Los humanos de los cinco continentes (bueno, de los seis, si contamos la Antártida) han sufrido ataques a su libertad en los últimos días y una humillante rendición a la tecnología. Es hora de devolverles la dignidad.

Llegamos a una sala circular con el logo de MultiCosmos en el suelo. La última vez que estuve aquí, hace un año, creía que el universo virtual era el lugar más feliz del mundo y que los Masters eran la bondad personificada. No ha pasado tanto tiempo y Nova ha muerto, Enigma ha tenido que darse a la fuga para sobrevivir y los otros tres han sometido a los países a su voluntad. No volveré a fiarme de las primeras impresiones.

—Todavía me cuesta creer que lo hayamos conseguido —me dice Amaz∞na, dándome un codazo cariñoso—. Hemos salvado al mundo de unos dictadores.

Enigma utiliza un comando de voz-megáfono y se dirige al público de la retransmisión:

—¡Ciudadanos de MultiCosmos! ¡La tiranía ha llegado a su fin! Los tres Masters villanos os han engañado para controlaros y anular vuestra voluntad, mientras conspiraban para hacerse con el control absoluto de la web. Por suerte, necesitaban las cinco Llaves Maestras, pero no han podido vencernos. El bien ha ganado al mal.

La Master chasquea los dedos para cortar la retransmisión. No quiere que haya testigos de este momento.

—En cuanto tome el poder de MultiCosmos, pienso destruir cada puñetera galaxia que haya apoyado a nuestros enemigos. Y en cuanto a las holopulseras... más vale que no se las hayan quitado todavía, porque voy a utilizarlas contra ellos.

—¿Cómo? —pregunta la elfa-enana—. ¿Vas a atacarlos?

—Por supuesto, niña. —Enigma sonríe como una sádica—. No puedo dejar que esas ratas traidoras sobrevivan o mañana se rearmarán contra mí. Debo masacrarlos a todos, sin clemencia, y controlar a los que queden con las frecuencias cerebrales. Sólo así se logrará la paz. Y ahora, entregadme las Llaves Maestras que habéis conseguido para mí.

Amaz∞na y yo no damos crédito. Esto no es lo que esperábamos.

—No puedes vengarte. Así nunca habrá paz —digo preocupado—. Controlar a las personas como si fuesen zombis está mal lo haga quien lo haga.

—No si lo hago yo, y es por el bien mundial. —Enigma

empieza a impacientarse—. Dadme las llaves de una vez. La humanidad me espera.

Mi amiga niega con la cabeza. No piensa abrir su inventario.

—Tú no quieres el bien mundial. Tú quieres convertirte en la nueva tirana.

Yo, que ya tenía una mano en el bolsillo, devuelvo las llaves al interior.

Enigma estalla furiosa.

—¡Niñatos! ¡Esas llaves me pertenecen! ¡Vosotros no seríais nada sin mí! Es mi momento, haré justicia en Multi-Cosmos, eliminaré Cosmics, controlaré personas, masacraré galaxias... ¡Tengo derecho a hacerlo!

—Tenemos tres de las cinco Llaves Maestras —le recuerdo—. No te saldrás con la tuya.

—Yo tengo las otras dos —replica Enigma, furiosa. La Master se mete la mano en el bolsillo de la toga para coger las llaves que guarda en el teleinventario de su planeta, pero sus dedos tocan el vacío.

El armario donde guardaba las llaves está vacío.

Enigma comprende que algo va mal.

—¡MIS LLAVES! ¿Cómo repíxeles...?

—¡Nosotros no hemos sido! —exclamo.

Estoy acostumbrado a la versión pequeñita de la Master, pero de pronto empieza a engrandecer, cada vez es más alta, mientras su cuerpo adopta rasgos felinos... Le salen unas orejas puntiagudas, unos bigotes de acero y unas zarpas capaces de atravesarnos.

—¡Malditos niñatos! ¿Habéis olvidado quién soy?

En menos de un minuto, Enigma se ha convertido en una monstruosa gata gigante. Nos bufa y salta sobre nosotros.

Amaz∞na y yo retrocedemos hasta la pared. No tenemos ninguna oportunidad contra ella, que se acerca sigilosamente. Sus ojos irisados se clavan en nosotros. Hemos cometido una estupidez: Enigma tendrá nuestras llaves en cuanto nos elimine.

—Saludad a la nueva Máster Suprema antes de morir —nos dice con voz de gata. Levanta una pata, saca las zarpas y las arroja contra nosotros.

¡FIIIIIIU!

La gata salta a un lado furiosa. Amaz∞na y yo necesitamos unos segundos para comprender lo que está pasando: algo o alguien le está disparando un chorro de agua a presión. Enigma está furiosa y maúlla con rabia, pero no se atreve a contraatacar con todo ese líquido cayéndole por encima.

—¡MIIIAAAUUU!

Primero pienso que son los otros Masters, que han venido a luchar por su última oportunidad, así que me quedo a píxeles cuando veo que el atacante no es otro que... Spoiler.

El traidor Spoiler ¿viene en nuestro rescate?

El ninja dispara agua a la gata gigante y la mantiene a buena distancia. Tardamos unos segundos en reaccionar.

—¿De dónde has salido? —preguntamos los tres a la vez, Enigma incluida. Spoiler ha aparecido de la nada.

El Cosmic lanza otro potente chorro a Enigma, que retrocede con su cuerpo gatuno. Agua y gatos no se llevan bien.

—¡Entrad en el Panel de Control! —nos ordena—. No hay tiempo que perder.

—De ningún modo —protesto—. ¡Eres un traidor! Vi cómo atacabas a Nova en el pasado.

Mi amigo, que siempre está de broma, me agarra de la muñeca y me dice muy serio:

—¡Ése era mi padre! Fue el constructor del planeta de Enigma y me dejó la cuenta en herencia. Luchó para evitar que los Masters se convirtiesen en tiranos. ¿Quieres que te cuente todo mientras nos devora la gata gigante o entramos de una vez?

Tengo material para flipar durante los próximos cinco años, pero sé que Spoiler no miente. Lo conozco demasiado bien.

Corremos hasta la puerta del Panel de Control, pero está cerrada..

—No podemos entrar —digo histérico—. Enigma tiene las otras dos llaves.

En ese momento Spoiler saca dos Llaves Maestras de su riñonera. Una es la llave rústica de Mc_Ends; la otra, esculpida en hueso, no la he visto nunca, así que tiene que ser la de Enigma.

—¿Cómo las has conseguido? —pregunta Amaz∞na, que parece que empieza a creer a Spoiler también.

—Es una larga historia. Ahora, ¡abramos esta puerta!

—¡No os atreveréis! —brama Enigma con el cuerpo de

gata gigante. Va a saltar sobre nosotros, pero Spoiler vuelve a arrojarle un chorro de agua y la mantiene a raya.

—Esto por destruir GossipPlanet. —Spoiler le lanza otro potente chorro—. Y esto ¡por traicionar a mi padre!

La gata retrocede aterrorizada por el agua mientras empequeñece por segundos.

Amaz∞na, Spoiler y yo encajamos las Llaves Maestras en las cinco cerraduras de la puerta. Son cinco llaves muy diferentes: madera, hueso, pero también humo, hierro y esmeralda.

Cuando las cinco llaves están metidas en la cerradura, la puerta empieza a temblar. Los tres damos un paso atrás, prudentes. Las llaves giran automáticamente sobre los agujeros: uno, dos y hasta cinco giros a la derecha, y otros cinco a la izquierda. Después se desvanecen, y la puerta con ellas.

—Entremos.

<El final>

Spoiler es el primero en entrar. Después Amaz∞na y por último yo. Tenemos que descender una pequeña escalera de hormitrón para llegar a una sala de máquinas, repleta de teclados y pantallas de ordenador, que constituyen el Panel de Control de MultiCosmos. Es el auténtico centro de poder del universo virtual, tan peligroso que ningún Master podía entrar aquí dentro sin contar con el apoyo de los demás. Nadie ha pisado este lugar en un montón de años.

El aire está enrarecido. En cuanto estamos dentro, la puerta reaparece y nos aísla del exterior. El universo al completo estará esperando nuestro movimiento. El problema es que no sabemos qué hacer.

—¡Hemos traicionado a Enigma! —grito alarmado—. Vale que estuviese loca, pero ¿qué pretendemos hacer?

Amaz∞na y Spoiler no tienen mejores ideas que yo. Quizá nos hemos precipitado dejando al margen a la Master sin tener un plan mejor.

—MultiCosmos tiene que ser un lugar libre —dice mi amiga—. ¿Qué sentido tiene quitarles las Llaves Maestras a unos tiranos si se las entregamos a otra que es igual?

Spoiler asiente.

—Vi cómo les hablaba a los rebeldes. ¡Esa tía está loca,

tron! No quería hacer justicia, quería hacer *su* justicia. Habría sido una villana igual de despiadada que sus enemigos.

Echo un vistazo a mi alrededor. En las pantallas podemos seguir de cerca los acontecimientos de todos los rincones de MultiCosmos; algunas pantallas están apagadas, como GossipPlanet. Todavía no puedo creer que jamás volveremos a pisar El Emoji Feliz. Espero que su tabernero huyese a tiempo. El Panel de Control también cuenta con un ordenador central donde aparecen los Cosmics y sus privilegios. En las primeras líneas están los nombres de los cinco Masters junto a su rango de «Master». Sólo necesitamos un botón para quitarles el poder y acabar con esta guerra.

—Nosotros tres somos mejores que ellos —digo de pronto. He tenido una idea descabellada—. Somos amigos y nunca nos pelearemos.

Al principio las palabras salen torpes por mi boca, pero poco a poco me voy envalentonando. No sé cómo no se me había ocurrido antes.

—Hace diez años, los Masters eran unos apasionados de los videojuegos que decidieron crear algo único. Unidos, construyeron la mejor comunidad virtual que ha existido jamás, el universo de los universos.

»Durante años funcionaron bien, hasta que las ganas de poder pudieron con ellos. Ahora Nova está muerto, mientras que GOdNeSs, Mr Rods y Mc_Ends son enemigos declarados de Enigma. Ellos solitos arruinaron el juego. Pero ¿por qué no continuarlo nosotros tres?

—¿Qué insinúas, animalito? —pregunta Amaz∞na muy tensa. La elfa-enana me escucha sin pestañear.

—Seamos los nuevos Masters. Nosotros tres.

Spoiler dibuja una media sonrisa.

—Mola, tron...

—El mundo actual es un asco —continúo—. Hay un montón de guerras y presidentes corruptos, por no hablar de los dictadores. Si nos convertimos en Masters, tendremos la oportunidad de arreglar los problemas de la gente y gobernar con sentido común. Todo el mundo será feliz con nosotros.

—Sólo tenemos trece años —murmura Amaz∞na.

—Lo sé, pero somos mejores que los demás. ¡Nadie se nos podrá resistir! Corregiremos los errores que cometieron los anteriores Masters.

—¿Y si nos equivocamos? —insiste mi amiga—. ¿Cómo puedes estar seguro de que no acabaremos igual que ellos?

—Lo haremos bien —insisto. Las dudas de Amaz∞na empiezan a ponerme nervioso—. Nos hemos ganado el derecho a estar aquí. Seremos los nuevos Masters de Multi-Cosmos, guste o no.

Me pongo delante del ordenador central y selecciono los nicks de los cinco Masters actuales. En un abrir y cerrar de ojos, les he quitado el rango todopoderoso; ya no podrán volver a atemorizar a nadie.

—Ahora es nuestro turno —digo. Escribo nuestros nicks en el buscador—. Ha llegado la hora de ser Masters.

Ya tengo los tres nicks seleccionados, pero cuando voy a aplicarles el rango de «Master» que nos convertirá en los todopoderosos de la red, mi dedo se queda congelado a punto de dar al botón. No consigo apretarlo por más que lo intento.

—Lo siento, animalito.

Me vuelvo para descubrir a mi amiga Amaz∞na apuntándome con el Tridente de Diamante, el arma invencible. Intento resistirme, pero a la elfa-enana le basta un toquecito con la muñeca para empujar la silla lejos del ordenador. Spoiler va a salir en mi defensa, pero Amaz∞na lo congela también.

—¿Qué haces? —protesto. Ha tenido el detalle de no criogenizarme la lengua—. ¡¿Te has vuelto loca?!

—No puedo consentir esta locura.

Golpeo el teclado con tanta fuerza que consigo romper el hielo. Desenvaino la espada y ataco a mi amiga con ella, pero Amaz∞na interpone rápidamente el Tridente y salgo disparado por los aires.

—¡Juraste que jamás utilizarías el Tridente! —protesto. Estoy furioso con Amaz∞na—. ¡Y ahora lo utilizas contra mí!

—Me quedé el Tridente para que nadie lo pudiese utilizar para hacer el mal. No puedo quedarme de brazos cruzados viendo cómo vosotros queréis utilizar MultiCosmos en vuestro propio beneficio.

—Te equivocas: queremos lo mejor para la web —insisto—. Siempre seremos buenos Masters.

Amaz∞na suspira cansada.

—Eso es exactamente lo que pretendían los otros, y mirad cómo acabaron. Incluso Enigma se ha portado como una tirana cuando ha tenido ocasión. El poder nunca debería estar concentrado en unas solas manos. Así es como nacen las dictaduras. ¿Creéis que nos llevaríamos siempre bien? ¿Que actuaríamos desinteresadamente? El poder corrompe y MultiCosmos no se merece eso. —Amaz∞na se dirige a Spoiler—. Por lo que nos has contado, tu padre luchó por un universo en libertad.

El ninja tarda unos segundos en reaccionar, pero asiente con la cabeza gacha. Genial, ahora me he quedado solo en esto.

—Está bien, me rindo, Amaz∞na. Pero baja el Tridente. ¿Qué pretendes?

La elfa-enana toma el Panel de Control y se pone a teclear frenéticamente. Primero elimina el rango de Master: nadie más podrá atribuirse tanto poder en el futuro. Adiós a mi oportunidad de hacerme superfamoso. Amaz∞na siempre aparece para arruinar la diversión.

Después trastea en la configuración de la web, crea un nuevo rango de «Elector» y se lo aplica a los millones de Cosmics registrados. Satisfecha por lo que acaba de hacer, pincha «Enter» y da por terminada la faena.

CAMBIOS GUARDADOS

—Hace poco conocí un micromundo donde sus habitantes elegían todo democráticamente. Acabo de exportar su código de programación al conjunto de MultiCosmos para que, desde ahora, el máximo líder de la web se pueda votar.

—¡¿Que has hecho qué?!

—No esperaba que me lo agradecieses. Pero las cosas tienen que cambiar.

Amaz∞na utiliza el Tridente una vez más para sacarnos a flote hasta fuera del Panel de Control y sellar la puerta para siempre. Después destruye las cinco Llaves Maestras; así nadie podrá revocar su decisión.

Una vez eliminada la posibilidad de volver a la tiranía de los Masters y con la democracia instalada en el código fuente, Amaz∞na nos libera y elimina el Tridente de Diamante de su inventario. El arma invencible ha desaparecido de MultiCosmos.

Mi primer impulso es chillar a la elfa-enana por lo que acaba de hacer. Después podría lanzarla a los zombis u obligarla a ver vídeos de gatitos durante horas. Se ha deshecho del objeto más poderoso de toda la red.

Está loca.

Pero en su lugar, la abrazo. Amaz∞na me devuelve el gesto.

—¡Yo también quiero! —exclama Spoiler, que se suma al abrazo grupal.

Ahí estamos los tres, con el universo entero siguiendo el cambio más trascendental que ha vivido la web, instaurando un nuevo orden que cambiará MultiCosmos para siempre. Amaz∞na ha hecho lo correcto, aunque no pienso admitirlo en voz alta hasta que se me pase el cabreo.

Una gatita inofensiva nos mira desde una esquina del planeta Aa. Enigma no podrá volver a hacer daño a nadie. Tampoco G0dNeSs, Mr Rods ni Mc_Ends. La guerra ha terminado.

Los tres subimos al Transbordador ante la atenta mirada de millones de espectadores. Los rebeldes nos miran de-

sorientados y nos dejan pasar. Subimos al primer Transbordador que pasa por el andén y ponemos rumbo al planeta Beta.

Esta aventura ha llegado a su fin.

Planeta de la Muerte
Galaxia Adventure
Modo: Aventura
Cosmics conectados: 262

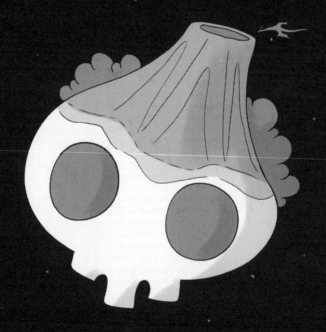

‹Epílogo›

Repíxeles. Estos velocirraptores zombis son cada vez más listos. Por no hablar de las monjas ninja, el dragón escupe-fuegos o la lombriz asesina. Todo sea para llegar al final del planeta de la Muerte.

Vuelvo al principio de mi aventura, cuando todavía era un Cosmic sin Puntos de Experiencia ni cuenta PRO. Vuelvo a la misión pendiente, porque después de superar las prue-bas más complicadas (el Tridente de Diamante, el Mega Torneo, la galaxia Mori o la búsqueda de las Llaves Maes-tras), lo único que me queda es completar un micromundo de dificultad Superfácil. Sin embargo, a mí me está costan-do horrores.

He descendido el Valle de la Muerte, cruzado la Grieta de la Muerte, atravesado la Sima de la Muerte hasta llegar a la Fuente de la Muerte. Espero que no haya más niveles de la muerte. Pero ya puedo ver la Copa de la Muerte, el trofeo más deseado (para mí). Me libro de las pirañas asesinas a base de espadazos (¡jo! ¡Cómo duele cuando te muerden el culo!) y llego al final. Ya puedo tocar la Copa con los dedos.

Han pasado seis meses desde que libramos MultiCos-mos de los Masters e instauramos la democracia (técnica-mente fue Amaz∞na, pero mi amiga ha repartido el mérito con Spoiler y conmigo). Los últimos meses han sido una auténtica locura de cambios y procesos electorales, donde ¡sorpresa! la Menisco, o mejor dicho su avatar Corazonci- to16, se presentó como candidata a presidenta del univer- so virtual. Su eslogan «Vieja pero peleona» causó furor. Voté a mi profe de mates a riesgo de que me acusasen de pelota, pero es que ahora también es mi abuelastra.

No fue la única en presentarse a la presidencia. Hubo más de mil candidatos procedentes de todos los rincones

del mundo. Las primeras elecciones de MultiCosmos han pasado a la historia como el mayor evento democrático del que se tiene constancia. Estábamos muy ilusionados con participar.

Ya se sabe el resultado: la exparticipante de *reality shows* GlendaGlitter™ arrasó en las votaciones con su campaña «Nunca más salir mal en los #selfis». Es lo que tiene la democracia, que una Cosmic como ella puede ser la presidenta de MultiCosmos durante cinco años. Pero no

lo hace tan mal y los avatares ya nos hemos acostumbrado a la nueva norma de hacernos mechas fucsias en el pelo. Por lo demás, la web es más libre que ayer, el Cónclave vigila que no haya abusos y nadie más volverá a controlar los cerebros con las holopulseras.

Los Masters están encerrados en prisión (virtual y física) por sus tropelías y Amaz∞na, Spoiler y yo llevamos una vida de lo más normal. Ya no nos preocupan los Puntos de Experiencia ni la popularidad. Hemos tenido suficiente para el resto de nuestras vidas. La próxima vez que nos reunamos los tres será durante nuestras vacaciones en Kenia, sin intermediación de ningún aparato electrónico.

Solamente me quedaba un asunto por resolver: vuelvo a concentrarme en mi avatar, toco la Copa de la Muerte y suena la musiquita de la victoria. Ahora sí que me he hecho con el trofeo que se me resistía.

Ya está. Cierro sesión en MultiCosmos, apago el ordenador del desván y salgo a la calle para dar un largo paseo con Alex.